개
와
웃
다

일러두기

이 책《개와 웃다》는 저자 마루야마 겐지의 작품《매일의 즐거움(日々の愉楽)》에서 '개' 부분만
떼어 내 편집한 것이다. 저자와 협의해 진행했다.

개와 웃다

마루야마 겐지

고재운 옮김

차
례

◇

개를 길러 보기로 했다

◇

이것은 나만의 착각일지 모른다. 그것은 바로, 길에서 개를 스쳐 지나가는 순간 서로 시선을 주고받으면서 상대의 마음을 헤아렸다고 느끼는 것 말이다. 나나 개나 서로 바라보다 그대로 지나칠 뿐이다. 하지만 그 순간에 정말이지 뭔가를 이해한 듯한 느낌이 들어 알 수 없는 만족감을 느낀다. 만약 그렇게 하지 않고, 내가 개를 불러 세워 머리를 쓰다듬어 주고 개가 나에게 꼬리를 흔들어 보인다면, 둘 사이에는 위선적인 감정이, 서로가 상대를 기쁘게 하려는 잔꾀가 적잖이 생기고 만다. 그것도 나름 대로 흐뭇하고 마음이 따뜻해지는 광경인 것은 틀림없다. 하지만 그런 가식적인 행위를 즐길 수 있는 것은 정말로 개를 좋아하는 사람만이 할 수 있기 때문에 나에게는 그럴 자격이 없다.

그렇지만 개를 키워 보기로 했다. 실내에서 사람한테 너무 까불대면서 지낼 것 같은, 정신 사나운 개는 보기만 해도 속이 거북해진다. 그래서 셰퍼드를 선택했다. 서양개치고는 가격도 적당하고, 소박하고 날쌘 몸매와, 어딘지 모르게 훈훈한 표정이 너무나 좋다. 아직 도착하지는 않았지만, 설명서에 따르면 함부로 짖지 않는다고 한다. 불필요하게 짖는 개를 보면 공연히 화가 난다.

나는 원래 개를 좋아하는 편은 아니다. 어릴 때 두세 번 개에게 쫓긴 경험이 있기도 하다. 부끄러움이고 뭐고 다 버리고 울며불며 필사적으로 도망 다녔는데도 개가 다리를 덥석 물고 늘어졌다. 그때, 어른이 되어 몸집이 커지면 언젠가는 반드시 개들에게 복수하겠다고 마음먹고 그 방법을 이리저리 생각하면서 화를 억눌렀다. 개를 붙잡아 기둥에 묶고는 몽둥이로 흠씬 두들겨 패 주든지 불에 태워 주겠다고 생각했다.

이후 기회를 노렸지만, 공격적인 태도를 취하는 나의 사나운 기세를 알아차렸는지, 만날 적마다 모든 개가 꼬리를 내리고 살금살금 도망쳐 버려 앙갚음을 할 수 없었다.

어느 여름 밤, 퇴근길에 뜻밖의 기회가 찾아왔다. 울타리를 넘어온 개 한 마리가 어둠 속에서 나를 향해 짖으며 다가온 것이다. 개도 그랬겠지만, 푹푹 찌는 전철에서 내린 지 얼마 안 되는 나도 어지간히 흥분해 있었다. 단숨에 옆구리를 구두 끝으로 걷어차 버렸다. 개는 금세 기가 꺾이고 말았다. 그런데도 나는 목줄을 잡고 세게 끌어당겨서는 맨주먹으로 머리를 마구 두들겨 패 주었다. 전신주에 내동댕이치려고 한 순간, 개 주인집 불이 켜져 쏜살같이 도망쳐 왔다. 하지만 돌아와서도 실컷 괴롭히지 못한 것이 아쉬움으로 남았다.

그냥 가만히 있는 사람에게 짖으며 달려들려는 개만큼, 중요한 순간에 도움이 되지 않는 것은 없다. 개뿐 아니라 그런 개의 주인은 스스로를 애견가라고 할 자격이 없다. 그래서 그런 개를 발견하면 용서하는 법이 없다. 몽둥이든 돌이든 들어 패 주고, 그런 김에 개 주인의 머리도 때려 주면 된다. 그러면서 인간과 개 중 과연 어느 쪽이 위에 있는지를 신중히 생각하도록 일러 주는 것이다.

물론 좋은 개도 있다. 이따금 나는 시골 외길에서 털이 갈색인, 척 봐도 영리해 보이는 시바이누(일본이 원산인 소형견-옮긴이)와 마주친다. 목줄은 하고 있지 않지만, 누군가의 개라는 점은 잘 손질된 몸의 광택을 보면 알 수 있다. 그 개는 주인 없이 매일 정해진 코스를 산보하는데, 내가 휘파람을 불어도 앞만 똑바로 보면서 두려운 기색도, 적의도 보이지 않고 의연한 태도로 가 버린다. 마치 세상사라면 모두 알고 있는 것 같은 표정으로 나를 무시하고 지나간다. 그 태도가 참으로 마음에 든다. 어설

픈 인간보다 훨씬 믿음직스러워, 만나지 않더라도 개 주인의 성품이 얼마나 좋을지 알 수 있을 것 같다.

보통 시바이누는 충실하고 용감하며 인내심이 강하다. 거친 음식도 이겨 내기 때문에 어느 집에서든 기를 수 있다. 사냥꾼들이 다투어 이 개를 기르고 싶어 하는 것도 무리는 아니다. 들은 바에 따르면, 시바이누는 다른 개라면 뒷걸음질할 곰이나 멧돼지와도 태연하게 맞설 정도로 용감하다고 한다.

어느 시바이누가 다람쥐를 나무 위로 몰아 올렸는데 주인은 다람쥐라 그냥 놔두었다. 그러자 그 시바이누가 계속해서 쏘라고 주인을 조르더란다. 주인이 쏠 마음이 없다는 것을 안 개는 그날 하루 종일 기분 나빠 했다든지 하는 이야기도 들은 적이 있다.

나는 셰퍼드를 시바이누처럼 기르고 싶었다. 족보가 있는 개라 할지라도, 훈련을 게을리하거나 응석을 부리게 해서는 좋은 개가 될 수 없다. 먹이만 줄 것이 아니라 목적도 부여하는 것이 개를 위해서도 좋다. 그렇게 하지 않으면 진정한 의미의 '인간의 벗'이 될 수 없고, 여유만 즐기다가는 다른 사람에게 폐나 끼치는 바보 같은 개로 전락하기 쉽다.

그러나저러나 주문한 지 벌써 넉 달이나 지났다. 작은 집도 만들어 놓고 기다리고 있는데도, 개는 아직 오지 않고 있다. 대금을 미리 받고도 기다리게 하는 것은 마치 비싼 수제품을 파는 회사의 상술과 비슷한데, 그 정도가, 개 한 마리 갖고 어지간히 거드름 피우는 꼴이다.

이 직업을 가지고 나서, 친구라고 부를 만한 사람들이 내 주변에서 사라지고 말았다. 그야말로 한 사람도 없다고 해도 과언이 아니다. 이전에는 아주 많았다. 학생 시절, 월급쟁이 시절, 어디를 둘러봐도 친구들로 넘쳐 났고 일 년 내내 즐겁게 보냈다. 그 대부분이 평생을 함께할 것 같은 사람으로, 비록 직장은 달라도 전화 한 통이면 다들 모였다.

물론 한꺼번에 그들이 떠난 것은 아니고, 한 사람, 또 한 사람 하는 식이다. 단 3~4년 만에 나는 이런 비참한 상태로 전락했다. 이따금 전화나 편지로 연락을 취해 보지만, 예전처럼 마음이 편하지는 않다. 상대도 같은 기분인지, 말마다 조심스러워 기침을 수시로 한다든지, "잘 있다니 다행이다"라든지 "잘 지내?"와 같은 문장을 열거한다.

큰 벌이도 안 되는 소설가 따위는 곧바로 접고, 다시 예전처럼 다 같이 멋진 돈벌이 계획을 세워 보지 않겠느냐는 말은 아무도 해 주지 않는다. 번화가를 으스대고 거닐며 불량한 계집애들을 놀리고, 코피를 흘려 가면서 치고받고 해 보자고도 하지 않는다. 이유는 알고 있다. 이미 그럴 나이가 아닌 것이다. 게다가 그들은 내가 밥보다도 좋아하는 소설을 쓰는 생활에 정신이 팔려 있다고 오해하고 있다. 나 스스로는 소설보다 밥을 더 좋아한다고 생각하는데도. 할 수만 있다면, 원고지를 응시하는 노인과 같은 나날에 매듭을 짓고 싶다. 어깨로 바람을 가르며 걷고, 나쁜 것은 전부 세상 탓으로 돌리는 작은 악당 같은 생활로 돌아가고 싶다. 하지만 아무리 바란들 돌아갈 수 없다는 것을, 혹은 돌아가지 않으리라는 것을 너무나 잘 알고 있다. 그런 생활이, 그런 친구들이, 이미 수년 전의 시간 저 멀리로 밀려나고 말았다는 것도 알고 있다. 아니, 알고 있을 것이다.

이사한 지 얼마 안 되었고, 집에만 틀어박혀 있는 데다 다른 사람을 이상한 눈으로 바라보는 직업적인 나쁜 버릇이 몸에 배어 이젠 친구가 생기지 않는다. 그런 것이 습관이 되어 오히려 혼자 있는 편이 성가시지 않고 좋을 정도다. 혼자인 편이 좋다는 생각을 굳혀 버려, 마침내는, 작가는 혼자 있어야만 한다(설령 그런 모습에 거드름 피운다든지 속이 좁기 때문이란 말을 들어도)고 깊게 믿어 버리기에 이르렀다.

"개는 인간의⋯⋯"라는 말에 좌우되는 것은 아니지만, 셰퍼드를 한 마리 길러 보았다. 그런데 이 개와도 그다지 잘 지내고 있지는 않다. 사랑이 넘치는 친구 사이도 아니고, 주인과 개의 정겨운 관계도 아니다. 나는 채찍을 가할 기회를 엿보고 있고, 개는 개대로 불안에 떨며 눈을 치켜뜨고 있다. 그런 관계밖에 없다. 멋대로 생활했던 시절보다 지금이 훨씬 더 마음이 메말라 있는 것일까. 이상한 길에 발을 들여놓고 만 꼴이다.

◇

큰
개는
체력이
될
때나

◇

아무리 개를 좋아하더라도 팔 힘이 없는 노인이나 여자애들이 그레이트데인이나 마스티프 같은 대형견을 기르는 것은 좋지 않다. 아주 위험한 일이다.

물론 파는 측은 "무슨 말씀을, 훈련만 시키면 걱정 없습니다"고 할 것이고, 사실 어느 정도 교육을 시키면 주인 보조에 맞춰 걷는 정도는 가능하다.

하지만 그것은 어디까지나 인기척이 없는 장소일 때의 이야기이고 모든 상황에 해당되는 것은 아니다. 다른 개와 마주쳤을 때, 앞쪽에서 고양이가 가로질러 갔을 때, 발정 난 암캐 냄새를 맡았을 때, 근처에서 폭발음이 났을 때 등의 경우에는 어지간히 병적일 정도로 충실한 개가 아니고서는 명령은 고사하고 주인의 존재조차 잊고 말아 본능에 따라 그저 흥분하는 것이다.

그럴 때, 만약 개 힘을 이겨 내지 못하면 어떻게 될까. 어린애가 물려 죽을지도 모르고, 또는 깜짝 놀라 비켜선 어른이 때마침 달려온 트럭에 치여 죽을지도 모른다. 그렇게 되면 그때에는 이미 평소에는 얌전한 개입니다라든지, 당신 애가 놀렸기 때문입니다라든지 하는 변명은 통하지 않는다.

사료 값을 댈 수 있거나 마당이 넓더라도, 체력이 없으면 대형견의 주인이 될 자격은 없다. 어느 정도의 체력이 필요한가를 말하면, 필사적으로 돌진하는 성견을 적어도 30초간은 그 자리에 붙잡아 둘 수 있어야 한다. 그 정도면 대부분의 위험은 피할 수 있다. 하지만 그 단 30초가 의외로 아주 힘든 것뿐이다.

보통 체격의 남자는 일단 무리다. 시험해 보았는데, 다섯 명 중 겨우 한 명이 버텨 낼까 말까다. 그래서 최악의 경우, 예를 들면 이미 누군가의 허벅지에 달려들어 송곳니로 꽉 물고 있는 그런 경우에는, 개 머리에 치명적인 일격(돌이나 벽돌을 쓰더라도)을 가할 수 있는 용기도 함께 갖추지 않으면 안 된다. 분명 개와 주인은 애정 따위로 맺어져 있지만, 개와 타인은 대체적으로 경계와 증오의 관계로 이루어져 있기 때문이다.

여담이지만, 개가 습격해 왔을 때에는 이쪽이 더 격렬하게 덤벼드는 것이 가장 좋은 방법이다. 상대보다 맹렬하게 소리를 지르면서 손에 잡히는 대로 물건을 내던지거나 윗도리라도 벗어

휘둘러야 한다. 아무튼 동태를 살피거나 공격하는 것을 멈춰서는 안 된다. 상대가 저 멀리 도망치기 전까지는 마구 설쳐야 한다.

개가 가장 무서워하는 공격 방법, 그것은 뛰어올라서 걷어차는 것이다. 뛰어올라 걷어차는 시늉을 하면 어떤 개든 기겁을 하는데 어째서일까.

손목이 물렸을 때는 그 손을 끌어당기지 말고 반대로 목 안으로 처넣어 혀를 완전히 꽉 움켜쥐어야 한다.

오토바이도 마찬가지다. 넘어지면 혼자서 일으켜 세울 수 없을 만큼 무거운 오토바이에 사마귀같이 가냘픈 젊은이가 달라붙어 있는 것을 종종 목격하는데, 사는 녀석이나 파는 녀석이나 마찬가지라는 생각이 든다.

아무튼 자신의 체력을 돌아보지 않고 선택하면 어처구니없는 꼴을 당한다는 이치는 특별히 개나 오토바이에만 적용되는 말은 아닐 것이다.

병든 개들

스물네 살 때 느닷없이 개를 기르기로 마음먹었다. 그것도, 될 수 있으면 큰 개가 좋으리라는 생각에, 조금도 주저하지 않고 셰퍼드로 결론을 내렸다. 일본 셰퍼드보다 훨씬 덩치가 큰 독일 셰퍼드에 눈을 돌렸다. 개에 관한 책에 실린 사진을 보여 주자 아내도 "이게 좋겠네요"라고 말했다. 하지만 개를 기르고 싶어 하는 우리의 동기는 각자 달랐다. 어릴 적부터 동물을 좋아했던 아내는 애완용 개를 원했고, 나는 호신용과 친구라는 두 가지 의미로 원했다.

물론 호신견을 사야 할 이유는 전혀 없었다. 나는 정치적으로 과격한 자들의 노여움을 살 만한 소설을 쓰지 않았다. 또한 당시 너무 가난해서 도둑맞으면 곤경에 처할 만큼의 재산도 없었기 때문에 번견을 기르는 것도 이상할 정도였다. 개를 친구 대신으로 생각했다고 보는 쪽이 맞을 것이다.

그 무렵 소설을 쓴다는 맹랑한 일을 막 시작했고, 게다가 나가노 현에 있는 산촌으로 이사한 지 얼마 안 되었기 때문에 이유를 알 수 없는 불안에 휩싸여 있었다. 친구는커녕 아는 사람조차 없는 지역에서 살아가려면, 하다못해 개 정도는 곁에 두고 싶었을 것이다. 마음의 위안이 될 상대를 원했을 것이다.

그렇다 치더라도 조금은 무리한 구매였다. 일 년에 겨우 5, 60만 엔 버는데 5만 엔을 개를 위해 쓴다는 것은 터무니없는 사치였다. 하지만 우리는 주저하지 않았다. 강아지 한 마리를 사기 위해 열심히 원고를 쓰겠다고 마음먹은 것이다. 그 강아지를 어디에서 손에 넣을까. 생각해 둔 곳이 있었다. T축견(東京畜犬). T축견의 악랄한 상술이 사회 문제로까지 발전한 것은 일 년 후로, 당시에는 아직 기세등등하게 성장하던 어엿한 기업이었다.

수용소 같았던
T축견

T축견에 부탁한 안내 책자를 손에 넣었을 때에 이미 개 이름을 생각해 두었다. '조로.' 바로 그 〈쾌걸 조로〉에서 따온 것이다.

이름을 정하고, 목공소에 맡겨 만든 멋진 개집을 들여놓았다. 우리는 강아지가 도착하기를 기다렸다. 이미 송금은 했다. 오랜 시간을 기다려야만 했다. 기다림에 지쳐 도쿄로 전화를 해 보았지만 그때마다 어정쩡한 태도로 답해 왔기 때문에 전혀 앞날을 예측할 수 없었다. "조만간 꼭"이라든지, "앞으로 한 달 기다려 주세요"라든지, "살아 있는 걸 다루다 보니 말씀드린 대로는 보낼 수 없습니다"라든지, 이런 말만 하고 피했다.

화가 치밀어 오른 나는 결국 상경해 교외에 있는 T축견으로 쳐들어갔다. 무지막지한 곳이었다. 안내 책자와는 너무나 동떨어진, 개 수용소 같은 공간이었다. 온갖 종류의 강아지가 좁은 우리에 뒤범벅되어 들어차 있고, 가건물 안에 있는 사무실에는 강매를 요구할 것 같은 인상이 험한 사내들이 북적대고 있었다. 개에 대해서는 정말이지 아무것도 모르는 그들은 "강아지가, 강아지가" 하면서 언짢은 말투로 전화를 걸고 있었다. 예전에 무역회사에서 일한 적이 있어 나는 T축견이 어떤 회사인지 바로 알 수 있었다. 틀림없이 위에서 아래까지 건달들로 채워진 집단이다. 만만한 표정을 짓고 있으면 무슨 일을 당할지 모른다는 생각에, 건실한 태도로 접하지 않기로 했다.

전화로 몇 번이고 대화를 나눈 담당 판매원을 밖으로 데리고 나가 다짜고짜 협박했다.

"돈을 돌려주든지 개를 넘기든지 이 자리에서 답하시오."

대답 여하에 따라 그냥 넘어가지 않겠다고 윽박질렀다. 그런데도 그는 변명 같은 말만 구시렁거렸다. 하지만 결국에는 일주일 안에 강아지를 보내 주겠다는 약속을 받아 냈다. 나는 믿지 않았다. 분명 발뺌하리라.

그런데 집으로 돌아온 지 얼마 되지 않아 T축견에서 연락이 왔다. 이다시 역으로 보냈으니 받으러 가라는 것이다. 우리는 기뻤다. 그날 밤은 잠을 이룰 수 없었다. 음력 섣달이었다.

다음 날 아침, 아내는 버스를 타고 이다시로 향했다. 신문지를 깐 장바구니를 왼손에 들었는데, 조로를 거기에 넣어 가져올 생각이었다. 그런데 오후가 되어 아내는 택시로 돌아왔다. "아주 큰데요"라면서 투덜댔다. "장바구니 따위에 들어갈 리가 없지." 분명 말 그대로였다. 생후 2개월 된 독일 셰퍼드는 상상을 훨씬 뛰어넘을 정도로 컸다. 강아지는 나무 상자에 들어 있었고, 택시 운전사가 도와주지 않았다면 옮길 수도 없었다.

나는 상자를 열어 조로를 꺼냈다. 겁을 먹고 있었지만, 이내 가까이 다가왔고, 우유며 먹이를 주면 아주 잘 따랐다. 다리가 굵고 얼굴도 잘생긴 멋진 셰퍼드였다. 잘 먹고, 잘 놀고, 잘 잤다. 그래서 우리는 그대로 순조롭게 커 주리라 믿었다. 개라는 동물은 먹이만 듬뿍 주면 저절로 크기 마련이라 생각하고, 질병 따위는 전혀 염두에 두지 않았다. 우리는 무식한 주인이었다.

열흘쯤 지나 조로가 갑자기 이상해졌다. 식욕을 잃고 설사를 하기 시작했고 콧물을 흘렸다. "감기에 걸렸네." 나는 말했다. "집 안으로 들여놓읍시다." 아내가 말했다. 하지만 나는 그 의견에는 반대했다. 과보호로 키워서는 절대로 제대로 된 개로 기를 수 없다. 더욱이 고작 감기 정도로 집 안에 들여놓을 수는 없다고 말했다. 또한 인간과 개의 경계를 없애는 그런 사육 방법이 개에게 진정 행복할지 어떨지 모른다고 했다. 그러고는 조로를 강아지에게는 너무 큰 개집에 가두어 두었다.

병세는 더 나빠졌다. 거기에다 안 좋은 일이 겹쳤다. 그 마을을 떠나지 않으면 안 되게 된 것이다.

세 들어 살던 집은 촌이 운영하는 주택으로, 월세는 1500엔 정도. 내가 이사 오기 전까지는 빌려 쓸 사람이 없어 오랫동안 방치되어 있었기 때문에 그 꼴이 말이 아니었다. 문종이를 새로 바르고 정원의 잡초를 퇴치해 이럭저럭 살 만하게 됐다고 생각했는데, 어느 날 공무원이 찾아와 이런 말을 내뱉었다. "봄부터 중학교 선생님이 사시게 되었으니 비워 주면 좋겠습니다." 소설가 따위보다 교사 쪽이 훨씬 더 촌에 도움이 되겠다고 생각한 나는 "네, 그렇게 하죠." 하고 깨끗이 승복했다.

만약 그때 내가 주민의 권리를 앞세워 투덜댔다면 어떤 일이 벌어졌을까. 지금도 가끔 그런 상상을 하며 쓴웃음을 짓는다. "여보, 또 이사해야 돼." 내 말에 아내는 "아직 반년밖에 살지 않았는데…" 했다. 아버지 직업 관계로 자주 이사 다녔던 나에게 모르는 지역으로 흘러들어 가는 일 정도는 그리 대단한 문제가 아니었다. 하지만 아내에게는 하나하나가 충격이었던 모양이다. "이번에는 어디로 가요?" 아내 말에 나는 "빌릴 집은 어디에든 있게 마련이지"라고 답했다. 하지만 너무나 갑작스러운 일이었기 때문에 우리는 다음 집을 찾을 시간이 없어 하는 수 없이 나가노 시에 있는 아내의 친정으로 굴러들어 갔다.

디스템퍼에 걸린
조로

이사로 인한 피로와 환경의 변화로 조로는 나날이 쇠약해져, 결국에는 사과밖에 먹을 수 없게 되었다. 그래도 나가노 시로 와서 좋은 일이 하나 있었다. 수의사가 올 수 있다는 것이었다. 그런데 이 수의사라는 양반은 너무 품위가 없는 사내로, 대낮부터 술에 취해 있는 경우가 많았다. 다만 수의사로서의 눈은 확실했다. 조로를 보자마자 그는 이렇게 말했다. "두 분의 사육 방법이 나쁜 게 아닙니다. 디스템퍼(갯과 동물이 감염되는 바이러스성 전염병-옮긴이)에 걸린 개를 사신 겁니다."

감기는 아니고 디스템퍼라고 한다. 디스템퍼로 인해 폐렴에 걸렸다는 것이다. 막 우리 집에 왔을 때 건강했던 것은 캠퍼 주사라도 맞았기 때문은 아닐까, 라고 수의사는 말했다. "하는 데까지는 해 보겠지만 아마 살지 못할 겁니다." 조로의 기침은 날이 갈수록 심해졌고, 마침내는 걸을 수 없게 되어 웅크려 앉아 있기만 했다. 그래도 아내가 장을 보러 나가려고 하면 일어서서 문이 있는 곳까지 비틀비틀 걸어가 모습이 보이지 않을 때까지 서 있었다.

나는 T축견에 전화를 했다. "당신네 회사는 병든 개를 팝니까?"라며 따져 물었다. 하지만 상대는 절대로 디스템퍼를 인정하려 들지 않았다. "그런 병든 강아지는 여기에는 한 마리도 없습니다"며 우겨 댔다. 그래도 더 강한 기세로 따지고 들자 "만약 죽으면 계약대로 다른 강아지를 무료로 드리겠습니다"고 했다. 나는 후회했다. 이런 회사에서 산 것이 애초부터 잘못이었다.

얼마 지나지 않아 조로는 죽었다. 내가 준 물을 조금 마시고 난 후 움직임이 없었다. 아내는 울고, 나는 화가 치밀었다. 내 분노는 T축견으로 향했다. 이대로 물러서는 것은 단념하는 거나 마찬가지라는 생각에, 끝까지 책임을 추궁하기로 했다. 숨을 쉴 수 없게 된 조로 사진을 증거로 보내고(그렇게 하라고 저쪽에서 말한 것이다) 다른 강아지를 요구했다. 하지만 소용이 없었다. 전화를 걸어도 받으려 하지 않았다. 우리는 지쳐 있었다. 개 때문에 언제까지고 기력을 다할 수 있는 몸은 아니었다. 일을 하기 위해 한시라도 빨리 조용한 집을 찾지 않으면 안 되었다.

그 후 우리는 나가노 시내에서 두 번 이사를 했다. 두 번째 때는 그럭저럭 괜찮은 집을 빌릴 수 있었다. 마당이 있고, 마당에는 연못이 있고, 연못에는 잉어가 헤엄치고 있었다. 게다가 부지는 울타리와 돌담으로 빙 둘러싸여 있었다. 개 한 마리쯤 있어도 이상하지 않을 그런 집이었다. 아내는 죽은 조로를 잊지 못하는지 늘 그 이야기를 했다.

어느 날, 현관 입구에 판매원이 서 있었다. 건네받은 명함을 보고 나는 깜짝 놀랐다. T축견의 나가노 지사 직원이었다. T축견의 세력이 나가노 현까지 넓어진 것이다. 안정을 찾아가던 분노가 또다시 살아났다. 사정을 전혀 모르는 그 사내에게 욕한들 무슨 의미가 있겠는가만, 그래도 나는 지금까지의 경과를 모조리 털어놓았다. "엄청난 사기꾼 집단 회사다"고 말해 주었다. 그러자 그 판매원은 반론도 변명도 하지 않고 "잘 알겠습니다"고 했다. 그는 간살스러운 웃음도 짓지 않거니와, 사과도 하지 않고, 무책임한 말도 하지 않았다. 그는 말했다. "저는 나가노 시에 생긴 지사에 채용된 지 얼마 안 돼서 본사의 일은 잘 모릅니다." 믿어도 될 법한 사내였다.

내 이야기를 끝까지 들은 판매원은 "본사와 얘기해서 잘 조치하겠습니다"고 했다. 나는 기대하지 않았다. 그는 본사의 정체를 알고 기막혀 했을지도 모른다. 아니면 회사에서 잘렸을지 모른다. 그가 본사를 상대로 어떤 조치를 하였는지 모르지만, 놀랍게도 마침내 조로를 대신할 강아지가 도착했다. 아마도 그렇게 하지 않으면 나가노 지사의 존립이 위태로울지 모른다고 울며 매달렸을 것이다. 그 강아지에게도 조로라는 이름을 붙였다. 예전의 조로보다 건강하고 고집스런 부분이 있어 믿음직스러웠다. 이번에야말로 틀림없다고 생각했다.

하지만 이 조로도 열흘 정도 지나자 식욕을 잃고 콧물을 흘렸다. 디스템퍼가 틀림없었다. 흰 덧옷을 걸친 사내가 나가노 지사에서 와서 이런저런 주사를 놓았다. 그는 디스템퍼라는 사실을 숨기지 않았다. "본사에서도 디스템퍼가 만연하고 있습니다"고 내뱉듯이 말했다.

나에게는 이미 화를 낼 기력조차 없었다. 점차 약해져 가는 조로를 묵묵히 바라보고 있을 뿐이었다. 그 조로는 예전의 조로와 달리 기침은 하지 않고 어두운 곳으로 파고들려 했다. 눈빛이 이상해지더니 제 꼬리를 물고 늘어지기도 했다. "디스템퍼에는 두 종류가 있습니다"고 흰옷을 입은 사내는 설명했다. 폐를 망가뜨리는 것과 머리를 이상하게 만드는 것이 있는데, 이번의 조로는 후자였다. "말씀드리자면 남은 건 이제 정신이 이상해져 죽는 일뿐입니다"며 "그때까지 지켜보는 게 너무 힘드실 테니 저희가 처분하겠습니다"고 했다. "힘들어 하지 않게 해 주십시오." 나는 차에 실려 가는 조로를 아내와 배웅했다.

고양이에게 당한 셰퍼드

그로부터 여러 달 후에 T축견의 형편없는 상술이 TV와 신문 등에서 다뤄지고 피해자들의 목소리가 높아졌다. 급기야 도망치려던 사장의 과거까지 파헤쳐지기에 이르러 급성장하던 그 회사는 갑자기 도산의 길로 기울었다. 개를 좋아하는 이웃 남자가 이런 말을 했다. "T축견만이 나쁜 게 아닙니다. 거기는 정도가 좀 심했던 거죠. 동물을 사고팔아 먹고사는 사람들 중에 그런 짓을 하는 자가 많습니다." 왠지 그 말만은 지금까지도 확실히 기억하고 있다. 강아지를 사려고 할 때면 어김없이 생각이 나, 편견은 버리려고 하지만, 결국 상대를 그런 눈으로 보고 만다.

녀살 좋은
녀석

도산할 기미가 짙어지자 나가노 지사 판매원들도 동요하기에
이르렀다. 퇴직금은커녕 두세 달 전부터 밀려 있던 월급조차 받
을 수 있을지 모르는 상황이었다. 솔직한 그 판매원은 이미 단
념하고 직장을 옮겼다. 그 사람보다 나이가 적은 판매원은 끈질
기게 붙어 있었다. 도산 직전의 혼잡한 틈을 타 짭짤하게 한몫
보려던 그 젊은 판매원은 머지않아 내가 있는 곳으로도 찾아왔
다.

"걔는 이제 필요 없습니다." 나는 상대의 말을 듣지 않고 말
했다. "사고 싶을 때는 다른 곳에 알아볼 테니까요."

"그런 말씀 마시고 제 이야기 좀 들어 보시죠." 그는 말했다.
"이건 정말 솔깃한 이야기니까요."

생후 6개월 된 독일 셰퍼드 수컷이 있다. 본래 종견으로 쓰려
고 했지만 회사가 이렇게 되었기 때문에 팔고 싶다고 그는 말했
다. 게다가 그 셰퍼드는 어느 정도 훈련을 받았다는 것이다. "때
가 때인 만큼 싸게 드리겠습니다." 그는 말했다. "거짓말 같은
가격입니다."

분명히 쌌다. 하지만 생후 6개월이라는 것이 마음에 걸렸다.

나는 2개월 된 강아지를 길러 보고 싶었다. 게다가 '맥'이라는 이름을 이미 가지고 있는 것이 언짢았다. 나는 거절했다. 그러자 그는 고향으로 돌아갈 여비가 없어서 곤란한 처지에 있다고 했다. 머리 나쁜 사기꾼이 쓰는 '울며 구걸하는 낡은 상술'이었다.

"봐 주기라도 하시지 않겠습니까." 그는 말했다. "6개월이라고 해도 큰 차이는 없습니다. 겨우 4개월 차이니까요."

보기만 하는 거니 아무 상관없으리라는 생각에 나는 외출하기로 했다. 나도 그렇지만 아내의 마음도 다시 동요하기 시작했다. 우리는 옆방에서 소곤소곤 상의를 했다. 그리고 "저 사람이 말하는 대로의 개라면 사자"고 결론지었다. 그런 다음 판매원의 차를 타고 마쓰모토 시로 나섰다.

사무실 안쪽에서 셰퍼드 한 마리가 엄청난 기세로 튀어나왔다. 나는 그 크기에 놀라 바퀴벌레처럼 벽에 들러붙었다. 오랫동안 갇혀 있어서 외로웠던지 그 개는 판매원을 껴안고 얼굴을 핥았다. 나는 물었다. "맥은 어디 있습니까?" "이놈이 맥입니다"고 그는 말했다. 하지만 내 눈에는 성견으로밖에 보이지 않았다. 또 속았다. 혈통서를 보여 주긴 했어도 믿을 수가 없었다. 판매원은 필사적으로 물고 늘어졌다. 성견이 되면 좀 더 커진다며 생후 6개월이 틀림없다고 우겨 댔다. 그러고 보면 맥이 하는 짓에는 어딘지 나이 어린 티가 남아 있었다. 문제는, 나는 그렇다 치더라도 팔 힘이 없는 아내가 다룰 수 있을지 하는 것이었다. 나는 그 점에 대해 물어보았다.

"걱정하실 거 없습니다." 판매원은 자신에 찬 어조로 말했다. "훈련을 받은 개니까요. 자, 그럼, 잘 보세요." 그렇게 말하고는 집게손가락을 세워 큰 소리로 "앉아!"라고 명령했다. 그러자 그때까지 긴장이 풀려 까불대던 맥이 갑자기 심각한 표정을 짓는가 싶더니 그 사람 앞에 착 앉았다. "서!"라는 지시에도 따랐다. 그의 말로는 누가 명령을 내리든 따른다는 것이다. 내가 할 때도 맥은 같은 반응을 보였다.

"그럼, 결정하죠." 나는 말했다. "데리고 갈게요."

판매원은 아주 기뻐하며 몇 번이고 예를 표했다. 다음 날 개집까지 만들어 주겠다고 했다. 사무실에서 맥을 밖으로 데리고 나가려다 칸막이 너머에서 들려오는 인기척을 듣고 들여다보았다. 노인이 헛기침하는 듯한 소리였다. 하지만 그것은 사람이 아니라 개였다. 디스템퍼에 걸린 개가 몇 마리나 우리 안에 갇혀 있었는데, 그 개들은 콧물을 훌쩍거리기도 하고, 기침을 하기도 하고, 깊은 한숨을 내쉬기도 했다.

맥은 디스템퍼 소굴이나 마찬가지인 열악한 환경 속에서 자란 기적과도 같은 개였다.

"사람 중에도 전염병에 걸리지 않는 사람이 있잖습니까." 판매원은 말했다. "맥도 그런 유형입니다."

그런 말을 들어도 나는 걱정이었다. 어느 정도 자라 체력을 길러 두면 디스템퍼에 잘 걸리지 않는다는 사실은 알고 있어도, 죽은 두 마리의 조로가 생각나 어쩔 수가 없었다.

불안은 하나 더 있었다. 과연 맥이 아내의 명령을 따라 줄지 하는 것이었다. 맥을 본 아내는 역시 "이게 6개월 된 거예요?"라고 물었다. 한동안 입을 벌린 채 멀리서 맥을 바라보았다. 맥은 아내의 명령에도 따랐다. "앉아!" 하면 깔끔히 앉았지만 그것으로 안심할 수는 없었다. 갑자기 미친 듯이 날뛰면 어떻게 할 거냐고 아내는 몇 번이고 나에게 물었다.

판매원은 돈을 받아들고 맥의 머리를 한번 쓰다듬고는 기분 좋게 돌아갔다. 그가 가고 나자 맥이 더 커 보였다. 세면기에 얼굴을 틀어박고 물을 벌컥벌컥 마시는 맥은 개라기보다 개의 모습을 한 요물로 보였다. 나도 아내도 그저 압도되어 "거참, 크네." "정말 크네요."를 연발하고, 앞으로 서서히 다가올 부담감을 덜고자 가벼운 농담만 주고받았다.

"디스템퍼에 걸린 개보다는 낫지"라고 내가 말하자 아내는 "그래도 마음을 놓을 수 없는 개예요"라고 말했다.

그날 밤은 맥을 일단 헛간에서 재우기로 했다. 맥은 사료를 양동이 한 가득 정도 먹고, 물을 벌컥벌컥 마시고, 소변을 길게 보고, 대변을 실컷 보고는, 엄청나게 코를 골며 잤다. 넉살이 좋다면 좋고, 무신경하다면 무신경한 개였다. 너무 철이 없는 개라고 생각했다. 우리는 언제까지고 잠을 이룰 수 없었다.

다음 날, 약속대로 판매원이 와서 개집을 만들어 주었다. 헛간을 손보고 해서 운동장이 딸린 제법 멋진 집으로 바뀌었다. 그 후 판매원은 고향으로 돌아갔다. 맥의 대금은 정말로 여비로 쓰였을지 모른다. T축견이란 회사는 사라지고 말았다. 막대한 부채와 엄청난 수에 달하는 개 뼈를 남기고.

내 곁에는 맥이 남았다. 맥이 어느 정도의 셰퍼드인지 솔직히 우리는 잘 알지 못했다. TV나 영화에 나오는 셰퍼드만큼 영리하지 않다는 것은 분명했다. 약간 모자라더라도 건강하게 있어 주면 그것으로 충분했다. 우리는 오전 일을 끝내면 곧바로 맥을 데리고 가까운 산으로 들어갔다. 그것은 산보처럼 만만한 것은 아니었다. 산길을 저녁때까지 계속 걷는 일도 자주 있었다. 맥이 없었더라면 아마 그런 짓을 하지 않았을 것이다. 맥 또한 내가 없었더라면 틀림없이 산 같은 곳에는 들어가지 못했을 것이다. 맥은 산을 싫어했다. 산으로 들어가자마자 겁에 질리고 말아, 주변 풀숲에서 무슨 소리라도 날라치면 흠칫 놀라 내 뒤로 숨는 것이었다. 돌아가는 길에는 도망이라도 치듯이 내 앞을 달

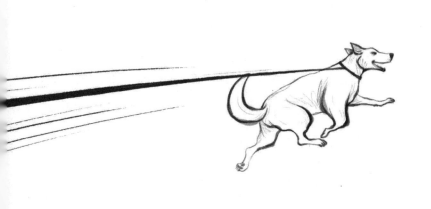

려갔다.

하지만 역시 아내가 맥을 산보시키기는 무리였다. 데리고 나갈 때마다 아내는 무릎이 까져 돌아왔다. 아내가 아무리 큰 소리로 꾸짖어도, 달리기 시작하면 맥은 멈추지 않았다. 아내를 질질 끈 채 언제까지고 내달리는 것이었다. 나는 점차 욕심을 부렸다. 건강한 개라는 것만으로는 만족하지 못하게 되고, 좀 더 나은 개가 되어 줬으면 하고 생각하게 되었다. 나 자신은 차치하고, 용기 있는 영리한 개가 되어 줬으면 하고 바랐다. 적어도 팔 힘이 없는 아내와 함께 거리를 걸을 정도의 개는 되어 주길 원했다.

결국 훈련을 거듭하지 않으면 안 되었다. 책에 의지해 직접 하기로 했다. 책에는 너무나 간단한 것처럼 쓰여 있었지만, 막상 시도해 보면 좀처럼 쉽게 되지 않았다. 아주 집요하게 가르쳐 봤지만 결국 맥은 "앉아"와 "서"밖에 하지 못했다. 만만한 얼굴을 하면 달라붙어 장난치고, 약간 엄하게 하면 토라졌다. 개집에 들어가서는 아무리 불러도 나오지 않는 일이 자주 있었다. "이 개는 정말 바보가 아닐까?" 나는 말했다. "디스템퍼에는 걸리지 않았지만 머리가 약해지는 병에 걸렸을 거야, 틀림없이."

"기른 사람 닮은 거 아녜요?" 아내가 말해 웃었다.

"나는 기른 사람이 아니지. 기른 사람은 T축견이지."

"그렇네, 반년 동안은 거기에 있었으니까."

우리는 무책임한 주인이었다. 마음에 들지 않는 부분이 있으면 모두 T축견 탓으로 돌려 버렸으니까.

고양이에게 당한
셰퍼드

맥의 어디가 마음에 들지 않는가를 말하자면, 순진한 면이었다. 아무튼 고양이에게 당하는 일조차 있었다. 어느 날 산보를 하다가 모퉁이를 돌았을 때 고양이와 딱 맞닥뜨렸다. 멀리 달아날 수 없다고 판단한 고양이는 단숨에 달려들어 맥의 옆구리를 북북 쥐어뜯었다. 맥은 반격하기는커녕 비명을 지르며 도망쳤고, 고양이는 우쭐대며 끝까지 뒤쫓아 갔다. 만약 그때 내가 돌을 던져 가세하지 않았다면 맥은 훨씬 더 호되게 당했을지 모른다.

고양이를 물리치고 나서, 나는 맥에게 길게 설교를 했다. "고양이한테 지는 셰퍼드가 이 세상에 어디 있니?!"라고 호통치며, "덩치만 컸지 칠칠치 못하기는!"이라고 퍼부어 댔다. 하지만 맥은 딴 데만 보았고, 나중에는 저녁때까지 고양이에게 쥐어뜯긴 곳을 핥고 있었다.

맥은 싸움을 좋아하지 않았다. 다른 개가 싸움을 걸어와도 상대한 적이 없었다. 으르렁거리는 소리만 들어도 슬금슬금 도망치는 꼴이었다. 평소와는 다른 길을 통해 산으로 외출했을 때의 일이다. 어느 집 앞을 지나갔다. 마당에는 커다란 모닥불이 타고 있었고, 그 곁에는 사슬에 묶인 중형 잡종견이 엎드려 있었다. 그 개는 맥의 낌새를 알아차리고 벌떡 일어났다. 하지만 맥의 크기에 질려 한동안 가만히 노려보고 있었다. 만약 그때 맥이 상대를 힐끗 쏘아보았으면 틀림없이 문제는 없었을 것이다. 그런데 맥은 눈치를 채는 동시에 시선을 딴 데로 돌리고는 걸음을 재촉했다.

곧바로 그 개는 짖었고 맥은 점점 더 길을 서둘렀다. 그때 비극이라고 해야 할지 희극이라고 해야 할지, 기묘한 사건이 일어났다. 흥분한 개가 맥을 쫓다 모닥불 속으로 들어가고 말았다. 몸에 불이 붙은 줄도 모르고 개는 짖어 댔다. 하지만 그 소리는 곧 비명으로 바뀌었다. 집에 있던 사람이 무슨 일인가 하고 뛰쳐나와, 불덩어리가 된 애견에게 황급히 물을 끼얹었다. 그 후로는 어떻게 되었는지 모른다. 책임을 느낀 나는 부리나케 도망쳤고 두 번 다시는 그 길을 지나지 않았다.

어느 여름 정오가 조금 지났을까, 누워 있는 내 귀에 여자의 고함 소리가 들려왔다. 아내도 그 소리를 듣고 일어섰다. "누가 실없이 저런 소리를 지르는 거야?" 아내 말에 나도 그렇게 생각했다. 그런데 그 비명은 계속 이어졌고, 점차 생생하게 들려왔다. 나는 맥을 떠올렸다. 맥은 개집에 있을 터였다. 혹 개집 문을 부수더라도 대문은 열 수 없었다. 그래도 걱정이 되어, 나는 아내에게 바깥 상황을 보고 오라고 했다. 밖으로 나간 아내가 안색을 달리하고 돌아와서는 "맥이 없어요!"라고 소리쳤다. 나는 밖으로 뛰쳐나갔다.

맥이 개집을 부수고 대문까지 열고 도망친 것이다. 개집을 어떻게 해서 나왔는지는 금세 알 수 있었다. 마음먹고 몸을 개집에 몇 번이고 부딪치면, 울타리에 빠져나갈 수 있는 틈이 생긴다. 그런데 풀 수 없는 것은 대문을 어떻게 열었는지다. 사람처럼 능숙하게 손을 쓰지 않으면 절대로 열 수 없을 법한 철문이 너무나 손쉽게 열려 있었다. 자유의 몸이 된 맥은 아마 들뜨고 들떠서 마구 뛰어다녔을 것이다. 다만 어디 먼 곳으로 갈 생각은 전혀 없었던 모양이다. 기껏해야 집 근처를 마음껏 돌아다니고 싶어 했으리라. 그곳을 마침 운 사납게도 근처에 사는 아주머니가 지나가게 된 것이다.

맥 입장에서 보면 그저 하찮은 놀이였을지 모른다. 하지만 그 아주머니는 물려 죽을 것이라고 생각했을 것이다. "사람 살려!" 아주머니는 소리를 지르고, 점차 목소리를 높이면서, 끔찍한 일을 겪은 표정으로 죽음까지 각오하면서 마구 도망 다녔음에 틀림없다. 맥은 뒤쫓아 가기만 했을 뿐 물거나 하지는 않았다. 그날 저녁, 과자 상자를 들고 그 아주머니 집으로 사과하러 갔지만 용서를 받지는 못했다. 그 아주머니는 두고두고 앙갚음을 했다. 이따금 보건소에 전화를 해서는 근처에 광견병 걸린 개가 있다고 신고했고, 그때마다 담당자와 나 사이에서 한바탕 말썽이 일어났다.

셰퍼드나 도베르만 같은 견종에는 반드시 '조련'이나 '훈련'이라는 말이 따라붙는다. 말하자면 "훈련을 받지 않은 셰퍼드는 셰퍼드가 아니다"는 식의 단서가 붙는 것이다. 이래서는 우리 집 맥의 체면은 말이 아니게 되고 만다. 겨우 "서"와 "앉아"밖에 할 수 없으니까. 어느 책이든 훈련받은 개의 훌륭한 모습에 대해 지루할 정도로 쓰여 있었다.

나는 아주 초조해졌다. 두렵기도 했다. 지금 훈련을 시키지 않으면 함부로 사람을 덮치는 무서운 짐승이 되어 버리지는 않을까 생각했다. 하지만 맥의 얼굴을 유심히 살펴보면 전혀 그럴 개로는 보이지 않았다. 그곳에 있는 것은 겁이 많은 가축에 지나지 않았다. 아내의 말을 들으면 맥이니 뭐니보다 내 쪽이 훨씬 더 흉폭할지 모른다나.

개로 돈 버는 방법도
가지가지

어느 날 일찍이 T축견 나가노 지사에서 일했던 사내에게서 이런 연락이 왔다. T축견에서 산 개라도 일본애견협회(Japan kennel club, 이하 애견협회)의 심사를 통과한 경우에는 정식 혈통서를 발급받아도 된다는 것이다. T축견에서는 애견협회와는 별도로 혈통서를 발급하고 있었고, 각기 자신들이 발급한 것이 진짜라고 주장했다. 하지만 T축견의 도산으로 애견협회의 혈통서가 다시 힘을 되찾았다.

그런 말을 듣기 전까지 나는 혈통서에 대해 진지하게 생각한 적이 없었다. 맥을 손에 넣었을 때 그런 비슷한 서류를 받은 기억은 있었지만 자세히 읽어 보지는 않았다. 무엇보다 그런 것에 흥미가 없었다. 그 개만 마음에 들면 어떤 개 사이에서 태어났든 문제는 없었다.

개뿐만이 아니라 사람에 대한 생각도 완전히 마찬가지였다. 가문이니 유서니 혈연 같은 것을 중요시하여 그것으로 결혼 상대를 고르는 사람을 많이 보지만, 그때마다 나는 "실없기는" 하고 만다. 그들 머릿속은 어떻게 되어 있을까 궁금하다. 세상에서는 당당한 지식층으로 통하는 인물조차, 다른 사람 앞에서는 허울 좋은 말만 늘어놓는 교양인조차, 어느 날 갑자기 그 촌스럽고 우스꽝스러운 잣대를 무서운 기세로 휘두르는 것이다. '혈통'이니 뭐니 하는 것을 누가 보여 주면 지금까지의 평가를 180도 바꾸어 버리는 사람도 많다. 너무나 어리석은 탓이다. 그들에게는 그 당사자가 어떤 인물인지를 간파할 눈이 없다. 그래서 아무 상관도 없는 장식물의 질이나 수로 가늠하려고 한다. 그것은 타산과도 직결되어 있기 때문에, 결혼 등의 경우에는 불행한 결혼을 야기하는 큰 원인이 되기도 한다.

애견협회는 분명히 처음에는 T축견이 사회에 내보낸 개들의 혈통은 절대로 인정하지 않겠다는 강한 자세를 보였다. T축견이 쓰러져 T축견이 발급한 혈통서가 휴지 조각이 되었을 때도 애견협회는 "그럴 줄 알았다니까"라는 식의 차가운 태도를 취했다. 혈통서 따위는 아무 상관이 없다고 생각하는 나 같은 사람은 적었는지, 여기저기서 상당한 혼란이 일어났다. 애견협회의 혈통서를 받고자 신신당부하는 사람들을 애견협회는 거절했다. 그런데 얼마 후 애견협회의 태도가 갑자기 바뀌었다. 전국에 흩어져 있는 T축견의 수많은 개에게 자신들의 혈통서를 발급하겠다고 했다. 그 많은 순수견을 무시하는 일은 이치에 맞지 않고, 욕심도 났을 것이다. 그렇게 많은 개를 인정함으로써 애견협회에 굴러들어 오는 돈이 막대하다. 어쩐지 혈통서 근처에는 돈거래 냄새가 나 개운치가 않다.

애견협회로서는 대의명분이 선다. 악랄한 T축견에게 속은 딱한 애견가들의 간절한 요청에 구원의 손길을 뻗는다는 모양을 취할 수 있기 때문이다. 내가 맥을 그 심사장에 데려갈 생각을 한 것은 혈통서에 관심이 있어서가 아니었다. 심사원 중 한 사람이 경찰견 훈련사 자격을 가지고 있다고 들었기 때문이다. 나는 꼭 그 남자를 만나고 싶었다. 만나서 맥에 대해 상담하고, 가능하다면 영리한 개로 만들어 주었으면 하고 생각했다.

그날 모임 장소에는 수많은 사람과 개가 모였다. 모두 T축견이 판 개였다. 내 순서가 돼서 맥과 심사원 앞으로 나아갔다. 마치 내가 심사를 받는 기분이었다. 그때 맥의 태도는 최악으로, 차마 쳐다볼 수가 없었다. 다른 사람 앞에서 주뼛주뼛하고, 다른 개가 짖는 소리에 소변을 지리고, 결국 그 자리에 주저앉아 내가 호통을 쳐도 움직이려 하지 않았다. 심사원들은 쓴웃음을 지으면서 "아무래도 다리가 너무 긴데"라거나 "귀 모양이 별로야"라고 입에서 나오는 대로 말했다. 나는 속으로 '이 녀석은 안 되겠는데'라고 생각했다.

그런데 도쿄에서 왔다는 책임자 격의 심사원이 호되게 트집을 잡아 가다 막판에 이렇게 말했다. "뭐, 괜찮은 걸로 합시다. 인정합니다." 거드름 피우는 말투였다. 나는 감사해 하거나 감사의 말을 하지 않았다. 개 한 마리를 그렇게 인정할 때마다 애견협회의 수입이 늘어날 것이므로 내 쪽이 오히려 감사의 말을 듣고 싶을 정도였다.

아무리
훈련을 받은들

경찰견 훈련사라는 사내에게 나는 물어보았다. 머리를 빡빡 깎은 그는 내 또래였다. K라는 이름의 그는 맥을 유심히 바라보았다. 이렇게 커 버린 셰퍼드도 훈련이 가능한지 나는 조심스럽게 물었다. 그 남자는 빙긋 웃고는 "일반인은 무리입니다만 전문가에게 맡기면 가능합니다"고 했다. "해 주실 수 있습니까?" 내가 묻자 그는 "맡기신다면…"이라고 말했다.

　결론은 났다. 나는 그 자리에서 맥을 K 씨에게 맡기기로 했다. 기간은 석 달. 비용은 사료비 포함해 딱 6만 엔. 이것으로 맥이 몰라볼 정도로 훌륭한 개가 되어 준다면 싸다고 생각했다. 나는 "기본적인 훈련만 하셔도 됩니다. 경찰을 도울 정도의 개로 만드실 필요는 없습니다"고 했다. "부인도 산보시킬 수 있을 정도면 되는 거죠? 간단합니다." K 씨는 말했다.

K 씨 집은 나가노 시내에 있어 맥이 보고 싶을 때에는 언제든 만나러 갈 수 있었다. 그렇기는 하지만, 그곳은 이상한 집이었다. 놀랍게도 3층짜리 낡은 목조 건물로, 작은 방이 많았다. 접객업을 하는 사람도 여럿 살고 있었다. "여기는 예전에 유곽이었습니다." K 씨가 말했다. 그 집에서 태어난 그는 어릴 때부터 개를 좋아해 개를 다루는 일을 하게 되었다. 하지만 얌체 같은 짓은 할 수가 없어 생활이 힘들다고 했다. "개를 정말로 좋아하는 사람은 개 다루는 장사는 하지 않는 쪽이 좋습니다." 그는 몇 번이고 중얼거렸다. 언뜻 보아도 그 사람의 생활은 분명 수준 이하였다. 툇마루 바로 건너편에 죽 늘어선 개집 역시 넓기는 했지만 그다지 대단한 것은 아니었고 볕도 잘 들지 않았다.

당시 그 개집에는 K 씨가 훈련을 시키고 있는 개 몇 마리가 있었다. 하지만 어느 개도 맥을 압도할 만한 교육을 받은 것으로는 보이지 않았다. 고만고만하다고밖에 생각할 수 없었다. 내가 좋아한 녀석은 '킹'이라는 이름의 보르도 마스티프였다. 이 개는 K 씨가 기르던 개로, 훈련이 잘되어 있었다. 산보가 끝나면 알아서 긴 복도를 걸어(사람도 그곳을 걷는다) 냉큼 개집으로 들어갔다. "하우스!"라고 명령을 하지 않아도. 외로움을 많이 타는 킹은 이따금 "왕" 하고 한번씩 짖어 주인의 존재를 확인했다. 그때마다 K 씨는 "어어, 여기 있어"라고 답했고 킹은 안심하여 가만히 있었다. 나는 그런 관계가 부러웠다.

K 씨의 개집에 갇힌 우리 맥은 다른 개들에게서 신참 취급을 받았다. 다른 개들이 마구 짖어 대면, 어떻게 하면 좋을지 몰라 구석에 웅크리고 앉아 내 쪽만 바라보았다. "머지않아 맥은 훌륭한 셰퍼드가 될 겁니다." 나는 K 씨의 그 말을 도무지 믿을 수가 없었다. K 씨가 덧붙였다. "셰퍼드는 스타일 따위는 중요하지 않거든요. 중요한 건 '능력'입니다, 능력."

나는 걱정이 되었다. 실은, 능력도 나쁜 것이 밝혀져 K 씨가 포기하면 어쩌나 하고 생각했다. 석 달간 훈련을 시켜 보았지만 결국 어떻게 할 수 없는 개라는 답을 내리고 만다면, K 씨보다 내 쪽이 단념할지도 몰랐다.

그때 나는 맥에게 과연 무엇을 기대했던 걸까. 인간인 나와 대등하게 어울릴 수 있는, 말하자면 친구라고 할 만한 조건을 맥에게서 찾으려 한 것일까. 아니면 내가 말하는 것은 뭐든 듣는 순종적인 부하 같은 개를 바랐던 것일까.

나는 맥의 머리를 한번 쓰다듬어 주고 K 씨에게 "잘 부탁드립니다"고 인사한 후 집으로 돌아왔다. 기분이 묘했다. 왠지 마음이 편안해졌다. 어깨의 짐을 내려놓은 것 같은, 성가신 뭔가가 사라진 듯한 그런 기분이었다. 아내도 마찬가지였다. 오늘부터 석 달 동안은 마당을 우당탕 뛰어다니는 발소리와 배에서 그르렁거리는 소리를 듣지 않고 지낼 수 있으리라 생각하니 기분이 너무 좋았다. 너무 무책임한 개 주인이 아닐 수가 없다. 그날 밤은 평소와 달리 푹 잤고 다음 날 아침 늦게 일어났다. 눈을 떠 맥이 없다는 것을 알아차리자 나도 모르게 큰 소리를 내어 웃었다.

우리는 맥이 없는 나날을 즐겼다. 나는 차분하게 일을 했고 오후부터는 혼자서 마음대로 돌아다녔다. K 씨 집에는 들르지 않았다. 그렇게 시간을 보내자 맥을 기르고 있다는 사실조차 잊어버릴 것 같았다. 생각이 나더라도, 개야 어찌 됐든 나는 모르겠다고 속으로 중얼거릴 뿐이었다. 어느덧 두 달이 지나고 석 달째로 접어들었다. 문득 나는 맥을 떠올렸고 보고 싶어졌다. 훈련을 받아 멋진 셰퍼드로 변신한 맥이 꿈에 나타나기도 했다.

하지만 나는 불안했다. 맥 쪽에서 이미, 변덕스럽고 별 볼일 없는 주인 따위는 까맣게 잊고 있을지 몰랐다. K 씨와 친숙해져 나 같은 건 상대하지 않을지도. 아니면 잊은 척할 정도로 영리해졌을지도 모를 일이었다. 하지만 그 어떤 상상도 들어맞지 않았다. 맥은 분명 나를 기억하고 있었다. 내가 다가가면 개집 안을 미친 듯이 뛰어다니고, 꼬리를 흔들고, 짖었다. 그것을 본 나는 기쁘면서도 한편으로는 실망도 했다. 나를 오랜만에 만나 까불대는 맥의 모습에서 훈련견으로서 겪는 고됨을 조금도 느낄 수 없었다. 바로 그 바보 같은 맥만이 있다고 생각했다.

"어떻습니까, 제법 셰퍼드다워졌죠?" K 씨는 자신 있게 말했다. 그는 맥을 근처에 있는 학교 뜰로 데리고 나가 내가 보는 앞에서 연이어 명령을 내렸다. "붙어!"라는 말을 들은 맥은 K 씨 왼쪽으로 찰싹 달라붙었고, "엎드려!"란 말에 땅에 배를 깔고 엎드렸고, "기다려!"라고 말을 하면 언제까지고 그 자리에서 움직이지 않았고, "좋아, 이리 와!" 하자 달려왔다. K 씨가 공을 던져 "가져와!"를 명령하면 맥은 그대로 했다. 나는 꿈을 꾸는 기분이었다. 맥이 아닌 다른 셰퍼드를 바라보는 것 같았다. 감동이 밀려왔다. "역시 프로야." K 씨는 극구 칭찬을 했고, 맥의 능력을 의심했던 나는 부끄러웠다. 맥은 내 말에도 충실히 따랐다. 석 달간의 훈련이 끝날 무렵에는 훨씬 더 멋진 개가 되어 있으리라.

집으로 돌아온 나는 그 일을 아내에게 말했다. 아내는 "못 믿겠는데?"를 연발했다. "보면 알 거야. 정말이야." 나는 말했다. "그럼 나하고도 산보할 수 있겠네"라는 아내. "산보뿐만이 아니라 개 서커스도 할걸"이라는 나. 나는 맥을 그 정도까지 만든 K 씨 솜씨가 대단하다고 아내 앞에서 자주 격찬했다.

하지만 K 씨로 인해 가장 감명을 받은 것은 맥의 일이 아니고, 또한 다른 개의 일도 아니다. 단 하나 있는 그의 아들의 태도였다. 아직 초등학생이라는데도 예의범절이 분명하고 솔직한 것에는 눈이 휘둥그레지는 부분이 있었다. 이전에도 이후에도 그런 아이를 본 적이 없다. "개를 상대하다 보니 평생이 날아가 버렸어요." 자조적으로 중얼대는 아버지 얼굴에는 이따금 어두운 그림자가 스쳐 지나가고, 장사꾼으로서의 날카로움도 번뜩이는데, 그의 아들은 전혀 영향을 받지 않았다. 그렇기는커녕 혜택받은 환경에서 자란 아이들보다 반짝반짝 빛을 냈다. 당시 나는 그런 착한 아이로 자란 것이 부친이 개 조련사라는 사실과 무관하지 않으리라 생각했다. 말하자면 개를 조련하는 비법이 아이를 키우는 데에도 틀림없이 쓰였을 것이다. 하지만 지금은 그렇게는 생각하지 않는다. 그것은 틀림없이 그 아이가 타고나면서 지닌 광채였을 것이다. 구태여 아버지가 어떤 영향력을 끼쳤다면 나쁜 본보기 정도였으리라.

맥이 집으로 돌아온 날, 나는 아내에게 그놈이 보통의 셰퍼드가 아니라는 것을 보여 주었다. 아내는 놀라 "생김새까지 늠름해졌네요" 하고는 끄는 줄을 쥐고 내가 일러 준 명령을 내렸다. 맥은 아내의 말에도 복종했다. 이것으로 우리는 모든 것을 해결했다고 생각했다. 영화나 TV에 나오는 셰퍼드 정도는 아니더라도 보통 개와는 다르다는 긍지를 가지기에 이르렀다. 아내는 오전에 맥을 데리고 나갔고, 나는 오후에 산보를 시켰다.

그런데 그런 맥은 오래가지 못했다. 한 달도 지나지 않아 본래의 맥으로 돌아오고 말았다. 명령을 따르는 횟수가 점점 줄어들었다. 어지간히 큰 소리로 말하지 않으면 못 들은 척 시치미를 뗐고, 제멋대로 집으로 들어가서는 불러도 나오지 않았다. 더 시간이 지나자 맥은 아내를 질질 끌고 산보를 하게 되었다. 무릎이 까져 돌아온 아내는 이렇게 말했다. "맥은 어쩔 수 없이 맥이네요." 나는 K 씨를 찾아가 "원래대로 되고 말았습니다"고 말했다. 그는 "명령을 내리는 방법이 잘못되었습니다"고만 할 뿐, 다시 한번 맥을 맡아 보겠다고는 하지 않았다. 그도 아마 맥을 포기했을 것이다. 맥이 셰퍼드로서는 능력에 한계가 있다는 것을 간파했으리라. 개는 그렇다 치더라도, 인간은 열심히 하면 뭐라도 된다는 것이 예전의 내 지론이었는데, 지금은 그런 믿음이 크게 흔들리고 있다. 안될 녀석은 아무래도 안되고, 억지로 독려한들 도리어 어설픈 결과만 낳는 것은 아닐까 하는 생각이 강해졌다. 오히려 다른 길로 가게 하는 것을 생각하는 편이 좋을 것 같았다. 그 이야기를 친구에게 하자 "너도 나이를 먹었구나"라며 복잡한 미소를 짓고는 "그렇게 하면 되지" 하고 힘주어 말했다.

도쿄에서 며칠간 일을 하고 돌아온 나에게 맥은 갑자기 나지막이 으르렁거리더니 공격 자세를 갖췄다. 당황한 나는 "야, 나

야, 나!"라고 소리치며 다가갔다. 달려들기 직전에 주인이라는 걸 알아챈 맥은 미안하다는 듯한, 겸연쩍은 얼굴을 하고는 꼬리를 흔들고 손을 핥았다. 나는 맥에게 장황한 설교를 했다. 야단 맞고 있다는 것을 안 맥은 여느 때처럼 개집 안으로 도망쳤지만, 나는 거기까지 뒤쫓아 가 잔소리를 늘어놓았다. "훈련소까지 보내 줬는데 이런 바보 같은 개가 다 있나, 주인을 몰라보다니 말이나 돼?" 나는 끈질기게 불평을 해 댔다. 그러자 아내가 이런 말을 했다. "도쿄대를 나와도 바보는 있는 법이죠."

듣고 보니 말 그대로였다. 소위 일류라느니 하는 대학을 나온 사람이 모두 똑똑하다고는 할 수 없다. 개도 마찬가지다. 그저 사람이 하는 말을 따른다는 것뿐으로, 그 이상의 영리함은 없다. 오히려 사람의 말 따위는 들으려 하지 않는 부루퉁한 개 쪽이 영리할지도 모른다. 사람이 하는 말에 기대지 않고 스스로 분별하고 판단하여 움직일 수 있는 개야말로 진정 영리한 개다.

나 같은 바보가 말 몇 마디로 맥을 모두 설명할 수는 없을 것이다. 그날 나는 현관에서가 아니라 정원 쪽에서 집으로 들어가려 했다. 차림새도 평소와는 달랐다. 맥하고도 제법 떨어져 있어 근시인 맥은 분명 식별하기 어려웠을 것이다. 그리고 바람이 불어가는 쪽으로 있던 내 체취를 맡지 못했을지도 모른다.

너나 나나
불완전하다

지금까지 살면서 나는 일류 대학을 나왔다고 인정하기 힘든 사내를 여럿 보았다. 바보냐 아니냐의 문제가 아니라 인간성이 바닥이라고밖에 할 수 없는 사람을 적어도 한 다스 정도 알고 있다. 물론 그들은 교양으로서의 지식은 보통 사람보다 훨씬 많이 머리에 담고 있다. 하지만 그것이 전부다. 알고만 있을 뿐 활용은 하지 못한다. 실제로는 무엇 하나도 할 수 없다. 스스로 판단해 움직일 수 없다. 복잡한 현실과 마주했을 때, 정리해야 할 문제가 산더미처럼 있는데도 멍하니 서 있기만 한다. 그런 주제에 엘리트 의식은 지나칠 정도로 가지고 있어, 복잡한 일이 생기면 곧바로 거기에 매달린다. 아무런 도움도 되지 않는 비장의 카드에 달려들어 도망치려고 한다. 그들은 자기중심적이기만 할 뿐 주위 사람을 전혀 생각하지 않는다.

교육의 본질이 특정한 누구에게 유리한 행위를 하는 약자를 만드는 데에 있다면 이것은 아주 크게 잘못된 일이다. 훈련견처럼 명령에 절대 복종하고 그 이외의 것은 생각하지 않는 약자를 유능하다고 간주하고 이런 자들을 흔쾌히 받아들이는 직장이 있다면, 이 직장 또한 큰 문제가 있는 곳이다. 그런 기업은 아마도 머지않아 쇠약의 길로 접어들 것이다. 왜냐하면 개와 다름없는 인간만을 모으고 있는 회사라고 할 수 있기 때문이다.

얼마 후, 나는 맥을 있는 그대로 인정하기로 했다. 나 자신도 그렇게 대단한 인간이 아닌데 개에게 높은 이상을 품는 것은 좋지 않다고 뒤늦게나마 깨달았다. 악몽을 꾸고 있었는지 모른다. 나는 맥을 있는 그대로 내버려 두었다. "붙어!"라고 했을 때 찰싹 들러붙지 않더라도 꾸짖지 않기로 하고, 어린이나 다른 개가 가까이 다가오려 할 때만 소리쳐서 저지시켰다.

우리와 맥의 관계는 점점 더 친숙하고 편안해졌고, 어느새 그것이 당연한 것으로 되었다. 아내는 맥과 산보하는 것을 포기하고 마당에서 함께 노는 일을 생각하게 되었다. 그리고 나는 (그것이 마치 일이라도 된 것처럼) 매일 맥과 가까운 산들을 헤매고 다녔다.

첫 주인을 잊지 못한 사스케

맥의 온순한 성격은 또 한 마리의 개가 우리 집에 왔을 때 증명되었다. 맥 이외에 다른 개를 키우는 일 따위는 우리 머릿속에 전혀 없었지만, 복잡한 사정이 있어서 그런 처지에 놓이고 말았다. 그 개는 형이 기르던 '사스케'라는 이름의 시바이누였다. 형은 어릴 때부터 개를 좋아해서 어른이 되면 꼭 길러 보려고 했단다. 나는 그 정도로 개를 좋아하지는 않았던 것 같다. 고양이보다 개 쪽이 좋기는 했지만 길러 보고 싶다고는……. 아니, 그렇지는 않다. 길러 보고 싶었던 것이다. 길러 보고 싶었지만 우리 집이 어느 정도로 살고 있는지 잘 알고 있었기 때문에, 사람도 먹고살기 빠듯하다는 것을 어리기는 했지만 알고 있었기에 분명 처음부터 포기하고 있었던 것이다.

내가 알고 있는 젊은 남자는 사립대학을 5년 만에 졸업했는데, 자신이 학비로 집 수입의 거의 절반을 썼다는 사실을 몰랐다고 한다. 더더욱 기가 찬 것은 대학 졸업 후 그런 사실을 알고서도 돈이 부족해지면 번번이 집에 전화를 해서 졸랐다. 나는 그를 나무랐다. "자넨 부끄럽지도 않나? 자네밖에 모르나? 언제까지 어린애 같은 짓을 계속할 거야?" 하지만 그는 반성 없이 실실 웃기만 했다. 서른 살이 된 지금도 직장을 못 잡고 있다. 노력은 하지 않고 입만 살아 있는, 보잘것없는 사내로 전락하고 말았다.

형은 결혼해서 아이를 낳았는데, 딸이라 재미가 없다는 핑계를 들어 수캐를 얻어 왔다. 그런데 직장 관계로 이사를 하지 않으면 안 되었고, 둘째 아이까지 생겨 개는 말할 수도 없게 되었다. 형은 나에게 부탁했다. "사스케를 좀 키워 줘." 나는 "맥 한 마리로도 애를 먹고 있어"라며 거절했다. 무리를 하면 키울 수 없는 것은 아니었지만 문제는 맥과의 사이였다. 수컷인 성견끼리 충돌하면 분명 엄청난 싸움이 될 것이고, 중재에 지쳐서 일은 손도 대지 못하게 될지 모른다.

그러자 형은 친척 집에 사스케를 주었다. 그것으로 해결이 되었다고 생각한 것도 한순간, 얼마 안 있어 사스케는 쫓겨났다. 그 집에서, 조금도 따라 주지 않아 기르고 싶지 않다고 했다. 무리도 아닌 이야기였다. 서양개는 그다지 주인을 가리는 일이 없지만, 일본 개라면 그리 간단한 문제가 아니다. 처음 주인만 주인으로 여기는 성질이 강하다. 형은 다시 나에게 부탁했다. "기를 사람이 나타날 때까지 맡아 주면 돼." 그렇다면 할 수 없다는 생각에 나는 사스케를 떠맡았다. 사람은 참으로 제멋대로인 동물이다. 이집저집을 계속 옮겨 다니게 된 사스케야말로 달갑지 않은 호의였다.

매일 첫 주인을
기다리던 개

사스케는 차에 실려 왔다. 일단은 태도가 얌전하고 우리에게 적의를 보이지는 않았다. 하지만 마음이 공허하다는 것은 분명했다. 처음 주인을 잊을 수 없다는 표정이었다. 먹이를 주어도 좀체 먹으려 하지 않고, 물만 먹고, 계속해서 길을 바라보았다. 자동차 엔진 소리가 들리면 잽싸게 일어나 애처로운 눈빛으로 전송을 했다. 처음 주인이 차로 데리러 오리라 믿고 있었던 것은 아닐까. 도망칠지 모른다고 생각한 나는 사스케를 사슬로 묶었다.

맥과 사스케의 대면은 우리가 걱정했던 정도는 아니었다. 잘못하다가는 피를 볼지도 모른다고 생각했던 것이다. 사스케는

비굴한 자세까지는 취하지 않았지만, 선배에 대한 예의는 제대로 알고 있어 꼬리를 흔들어 인사를 했다. 맥도 조용히 꼬리를 흔들고 온화한 눈빛으로 후배를 바라보았다. 둘은 오랫동안 서로를 마주 보았다. 이윽고 맥이 마당 구석으로 천천히 걸어가더니 내가 던져 둔 야구공을 물고 왔다. 그러고는 공을 사스케 앞에 놓고 앞발로 슬며시 밀어 주었다. "이 공 가지고 놀아"라고 말하는 것처럼 보였다. 나도 아내도 놀랐고, 그리고 감동했다. 맥은 사스케의 심중을 헤아리고 있었던 것은 아닐까. 그렇게 생각하는 것이 가장 자연스러웠다.

사람의 명령을 어느 정도 따르느냐로 개의 가치를 정해서는 안 된다고 절실히 느꼈다. 맥은 좋은 셰퍼드인지 아닌지를 따지기 전에, 좋은 개였다. 맥은 사스케와 얼굴을 마주칠 때마다 함께 놀아 주려고 했다. 그런 맥의 마음이 통했는지 마침내 사스케는 사료를 전부 먹게 되고, 내가 머리를 쓰다듬어 주면 정말로 기분 좋다는 듯이 꼬리를 흔들게 되었다. 산보를 데리고 나가면 신나게 돌아다녔다. 이 상태로 가면 반년도 지나지 않아 우리 개가 되어 줄지 모른다고 생각했다.

어느 날 나는 맥처럼 사스케도 마당에서 풀어 놓기로 했다. 사슬을 벗겨서 마음대로 집 주변을 달리게 해 주자고. 눈 깜짝할 사이에 일어난 일이었다. 사스케는 마치 그 기회를 노리고 있었다는 듯이, 울타리를 뛰어넘고, 이웃집 마당을 가로질러 뒤도 돌아보지 않고 쏜살같이 도망가 버렸다. 나는 물론 다급하게 뒤를 쫓았지만, 길로 나섰을 때 이미 사스케의 모습은 어디에도 없었다.

우리는 갈라져 한참이나 이곳저곳을 찾아다녔다. 하지만 찾을 수가 없었다. 포기하고 집으로 돌아와 사스케가 돌아오기를 기다렸다. 이따금 창문을 슬쩍 열어 밖을 내다보았지만 아무런 기색도 없었다. 비참했다. 배신당하고 속임수에 걸려든 것 같은 기분이었다. 그런데 사스케는 그날 돌아왔다. 마치 붙잡아 달라는 듯한 표정으로, 내가 다가오기를 기다렸다. 내가 목줄을 잡아도 가만히 있었다. 도망쳐도 갈 곳이 없다는 것을 알았을까. 원래 주인이 가까이에 없다는 것을 알았기 때문에 마지못해 우리 집으로 돌아온 것일까. 그 후 사스케는 두 번 다시 도망치지 않았다. 기회는 얼마든지 있었는데도.

사스케가 싫어한 것은 천둥이었다. 멀리서 천둥소리가 어렴풋이 들리기만 해도 부들부들 떨었다. 평소의 듬직함은 어디 가고 없고, 부끄러움이고 눈치고 볼 것 없이 마구 끙끙대며 크게 동요하는 것이었다. 급기야는 실내로 들어오고 싶어 했다. 하지만 집 안으로 들어갈 수 없다는 것을 알고는 (왜 그런 흉내를 내는지는 알 수 없지만) 자기 집 꼭대기에 기어올라 가 덜덜 떨었다. 맥으로 말하면 천둥 따위에는 동요하지 않은 채 코를 골며 잤다. 우리 집에 낙뢰가 있었을 때도 맥은 아주 침착하게 있었다. 이웃집 사람 말에 따르면 그때 우리 집 지붕에서 굵다란 불기둥이 솟아올랐다고 한다. 하지만 다행히 피해는 적었다. TV와 차임벨이 고장 나는 정도로 끝났다.

맥은 낙천가이고, 사스케 또한 시바이누치고 신경질적인 편은 아니라서 두 마리 다 정말로 화를 낸 적은 없었다. 아니, 사스케는 딱 한번 있었다. 암캐로 오해를 받았을 때다.

어느 밤, 근처의 암캐가 발정을 해 그 냄새가 사방팔방으로 퍼졌다. 맥과 사스케는 거의 아무런 변화를 보이지 않고 평소와 마찬가지로 편히 쉬고 있었다. 하지만 다른 수캐들은 동요했다. 10시가 지났을까. 사스케가 갑자기 짖기 시작했다. 엄청난 기세였다. 나는 사스케도 암캐 냄새를 맡았나 보다 했다. 사슬을 끊어서라도 암캐가 있는 곳으로 가고 싶어 하는 것으로 생각했다. 그렇기는 하지만 아무래도 낌새가 이상했다. 좀도둑이라도 있을지 모른다는 생각에 창문을 열어 보니 사스케가 어둠 속을 향해 맹렬히 짖고 있었다.

그런데 그곳에 있는 것은 수상한 사람이 아니라 사슬을 질질 끌고 멀리서 찾아온 낯선 수캐였다. 그 개의 코가 도대체 어떻게 된 건지는 알 수 없지만 사스케를 암캐로 잘못 알고 있었다. 계속 꼬리를 흔들고 자세를 취하려고 했다. 사스케는 마구 짖어 댔고, 나는 돌을 던져 내쫓았다. 하지만 얼마 지나지 않아 그 개는 다시 찾아왔고 사스케에게 손을 대려고 했다. 나는 다시 돌을 내던지면서 아내에게 말했다. "여보, 게이 개도 있나 봐." 그러자 아내는 "몰라요, 그런 건." 하고는 한동안 혼자 웃고 있었다.

한 마리 갖고는
안 된다

사스케가 우리 집에 머문 기간은 아주 짧았다. 나로서는 (그 사람이 어떻게든 갖고 싶다고 하지 않았으면) 사스케를 그대로 맥과 같이 길러도 상관이 없었다. 그 사람 집에는 넓은 사과 농장이 딸려 있었는데, 개하고 같이 그곳에서 일하는 것이 꿈이라나. 나는 생각했다. 이런 데서 사슬에 묶여 일생을 마치기보다 넓디넓은 땅에서 자유롭게 사는 편이 사스케를 위해서는 좋을 것이다. 무엇보다 나만 하더라도 언제 또다시 다른 지역으로 가지 않으면 안 될지 몰랐다. 아무튼 빌린 집에서 살고 있으니까.

데려가기 위해 차가 왔을 때 사스케는 망설임 없이 올라탔다. 그 차에 타기만 하면 원래의 주인이 있는 곳으로 돌아갈 수 있으리라고 착각한 것은 아닐까. 지금도 이따금 사스케를 떠올린다. 신이 난 듯 그 차에 올라타고는 우리 쪽은 한번도 보지 않고 가 버린 사스캐.

정말로 짧은 기간이었지만, 개 두 마리를 한꺼번에 기른 경험은 그 후 나에게 묘한 버릇을 심고 말았다. 말하자면 맥 한 마리로는 성이 차지 않게 되었고 외롭다고 느낄 정도까지 된 것이다. 우리 부부는 결국 개를 기르는 일로 생활에 활력과 변화를 주고자 했는지 모른다. 이사만 반복하고, 수입도 안정되지 않고 (지금도 늘 계속되는 일이지만) 한 달 뒤의 생활 계획조차 세울 수 없을 정도의, 자극적이라면 자극적인 나날을 보내고 있었는데도 말이다. 이런 상황에서 대형견을 기른다는 것은 너무나도 욕심이 지나치고 터무니없었다. 하지만 이렇게도 생각할 수 있게 되었다. 아이를 기르는 것보다는 훨씬 편하기 때문에 개 정도는 두 마리고 세 마리고 기를 수 있다고.

◇

죽은 맥을 기다리던 바롱

◇

맥이 성견이 되자 재미가 없어졌다. 맥의 능력의 한계를 거의 다 간파해 맥을 익숙하게 다룰 수 있게 되고, 어떤 때 어떤 소리로 짖는지도 완전히 알게 되었다. 흥이 깨지고 말았다. 그래서 우리는 매일같이 '다음 개'에 대해 이야기를 나누었다. 전 세계의 개가 컬러사진과 함께 실린 멋진 책을 사들이고, 그것을 보면서 이것도 아니다 저것도 아니다며 밤늦게까지 떠들었다. 물론 개 한 마리 더 기르는 일이 얼마나 성가신 일인지는 충분히 인정하고 있었다. 환경적으로도 금전적으로도 두 마리는 무리였다. 그래서 결국에는 늘 "언젠가 때가 되면 키우자"고 중얼거리고는, 깊은 한숨을 쉬며 맥의 머리를 쓰다듬었다. 그런데 다음 날이 되면 나도 모르게 다시 책을 펼쳐 놓고 '다음 개'로 흥분하면서 마구 떠드는 것이었다. 그리고 "언젠가 때가 되면"이

"일 년 후"로 바뀌고, "일 년 후"가 느닷없이 "지금 바로"가 되고 말았다.

아내가 말했다.

"하기는 맥은 내 개가 아니니까."

팔 힘이 없으면 산보를 같이 갈 수 없는 그런 개는 남자 전용이라 달갑지 않단다.

"산보 같은 건 하지 않더라도, 당신도 먹이 주고 솔질도 하고 마당에서 놀아 주기도 하니까, 나만의 개는 아니지"라고 나는 말했다. "맥은 우리들 개야."

하지만 아내는 거듭 아니라고 우겼다.

"나는 맥의 하녀가 아니라니까요. 나를 따르고 복종하는 그런 개가 아니면 안 된다고요."

요컨대 그녀는 아프간하운드를 기르고 싶었던 것이다. 비단처럼 보들보들한 긴 털로 덮인 우아한 개, 아프간하운드. 정말이지 여자들이 좋아할 만한 견종이었다. 하지만 사진으로 본 느낌은 그다지 좋은 것은 아니었다. 살랑거리는 화려함만 있을 뿐, 왠지 모르게 머리가 모자란 TV 탤런트를 연상시켰다. 그런데 책 해설을 읽고 나서 약간 생각이 바뀌었다. 이 개는 아프가니스탄 사막에서 표범 사냥을 할 때에 쓰이는데, 후각은 뒤처지지만 시력이 뛰어나고 용감하고 기민해 아프간하운드 두 마리면 표범 한 마리를 쓰러뜨릴 수 있다, 라고 쓰여 있었다. 게다가 깨끗한 것을 좋아하고 몸 냄새는 거의 없다고 한다. 이상적인 개였다. 실물을 보지 않고 활자를 믿는 일본인의 전형이 나다.

아내의 입에서 아프간하운드라는 이름이 나오고, 기르는 방향으로 이야기가 매듭지어지기까지 반나절밖에 걸리지 않았다. 저녁에는 이미 훈련사인 K 씨 집으로 전화를 걸어 "꼭 찾아 주십시오"라고 조급하게 부탁을 하고 있었다. 흔쾌히 받아들인 K 씨는 곧바로 수배를 하고, 상경을 해서 결말을 짓고 왔다. 태어난 지 두 달 된 강아지가 오기를 기다리는 동안에 아내는 준비를 했다. 새로운 식기와 목줄, 끄는 줄을 사서 갖추고, 소화 흡수에 좋은 먹이를 연구하고, 감기에 걸리지 않게 할 방법을 생각했다. 나로 말하면 그저 이름을 생각했을 뿐이다. 사진에서 받은 인상을 토대로 '바롱'이라고 지었다.

맨 처음 기른 '조로' 때와 같은 가슴 아픈 실패를 거듭하지 않기 위해 바롱은 어느 정도 성장할 때까지 실내에서 기르기로 했다. 아기 욕조 안에 신문지를 깔고 그 위에 부드러운 천을 얹는다. 그곳에 강아지를 넣어 밤에는 모포로 덮어 준다. 이 방법은 그 후 이런저런 개를 기를 때에도 바뀌지 않았다.

먹이는 닭고기, 그것도 기름이 적은 가슴살과, 탈지분유. 그리고 종합 비타민제, 소화제, 칼슘제, 간유. 먹이는 하루에 대여

섯 번 조금씩 나누어 주기로 했다. "사람인 내가 더 형편없이 먹네." 내 말에 아내는 "그럼 내일부터 가슴살하고 탈지분유하고 알약만 드릴게요" 했다. 하긴 내 식사 메뉴는 요즘 서서히 개의 그것에 가까워지고 있다. 고기 약간, 각종 비타민제와 칼슘제, 우유, 과일과 야채, 생선 약간, 그런 식이다. 쌀이며 빵, 과자며 청량음료는 전혀 입에 대지 않는다. 술은 원래 마시지 않고 담배도 끊어 버렸다. 그런 나에게 지인들은 말한다. "대체 무슨 재미로 사는 거야." 그때마다 나는 자못 심각한 표정으로 "신선이 되는 거지. 다음에 만날 때는 하늘을 날고 있을 거야"라고 대꾸해 준다.

판탈롱을
입은 개

마침내 K 씨에게서 전화가 왔다. 나는 일 때문에 바빠서 (때로는 바쁠 때도 있었다) 아내가 택시를 타고 혼자서 받으러 갔다. K 씨 집에 도착하자마자 아내는 손가방을 도둑맞았다. 범인은 바롱. K 씨는 큰 소리로 웃으면서 말했다고 한다. "이 개 별명이 도둑개예요. 물건을 훔치는 솜씨가 보통이 아니랍니다." 발소리도 내지 않고 몰래 다가가 노렸던 물건을 슬쩍 물고는 조용히 돌아온다는 것이다.

바롱을 보았을 때 나는 실망했다. 강아지 때는 털이 짧다는 사실을 전혀 몰랐다. 그 멋진 긴 털이 강아지 때부터 북슬북슬나 있으리라 믿고 있었다. 그런데 눈앞에서 빨빨대고 있는 것은, 영양실조에 걸린 새끼 염소처럼 빈약하고 사랑스러움과는 거리가 먼 물건이었다. 그리고 개치고는 눈이 날카롭게 번뜩이고, 가느다란 몸매에 비해 지나치게 까불대며, 성질은 고집이 세다는 말로밖에 표현할 수 없었다. 아내도 내심 낙담한 모양이었다. 하지만 자신이 먼저 기르고 싶다고 내뱉었기 때문에 나만큼 나쁘게는 말하지 않았다. 얼마 안 있어 아내는 마음을 가다듬고 바롱에게 물과 먹이를 주었다. 밤에는 곁에서 시중도 들었다.

맥은 사스케 때처럼 바롱을 아주 소중히 여겼다. 적대시하는 일은 전혀 없었다. 마당에서 두 마리를 함께 놀게 해 주면 맥은 늘 바롱을 염려했다. 바롱이 그 날카로운 이빨로 달려들어 물어도 물거나 으르렁댄 적이 한번도 없다. 버릇없는 바롱은 우쭐대며 제멋대로 날뛰었고, 조금이라도 마음에 들지 않는 일이 있으면 큰 소란을 피웠다. 함께 뛰어다닐 때 맥에게 살짝 밟히기만 했는데도 당장이라도 죽을 듯이 큰 소리를 지르고 세상을 향해 장황하게 호소했다. 그럴 때 맥은 곁에 쭈그리고 앉아 어쩔 줄 몰라 했다.

솔직히 말하면 나는 바롱이 싫었다. 주위는 전혀 아랑곳하지 않고 온종일 제멋대로 행동하니 도무지 좋아질 리가 없었다. 내가 아는 사람 중에도 이 같은 타입이 여러 명 있는데(여기저기서 알게 되기는 했지만) 결국 친구로 받아들인 적은 없다.

하지만 아내는 바롱을 나만큼 싫어하지는 않았다. 시간이 지나면서 조금씩 털이 길어져 마침내 그 우아한 자태에 가까워지자 아내는 매일같이 바롱을 데리고 산보에 나섰다. "판탈롱을 입은 것 같은 개다"고 동네 아이들이 말하면 득의양양했다.

확실히 바롱은 맥에 비하면 힘이 약했다. 하지만 무슨 일이 있을 때면, 예를 들어 다른 개를 발견했을 때 갑자기 내달려 아내가 넘어지게 한 적도 있었다. 그래도 줄을 쥐고 있는 한은 이렇다 할 일은 없었지만, 난처한 것은 바롱을 놓치고 말았을 때였다. 맥은 부르면 곧 돌아오거나 부르지 않더라도 알아서 돌아오는데, 바롱은 그 반대였다. 부르면 부를수록 멀리 도망가고, 부르지 않으면 부르지 않은 채로 언제까지고 시치미를 뚝 떼고 뛰어놀았다.

바롱은 믿을 수 없을 정도로 빨라서, 자전거로 뒤쫓는 것으로는 어림도 없었다. 맥은 30분만 달려도 지쳐서 축 늘어지는데, 바롱은 몇 시간이고 같은 속도로 달릴 수 있었다. 게다가 바롱

은 자기 발이 빠르다는 것을 잘 알고 있어서 우리를 바보로 만들곤 했다. 뒤쫓아 가면 바로 도망치려 하지는 않고 조금만 더 뻗으면 손이 닿을 만한 곳까지 오게 하고는 잽싸게 내달리는 것이었다. 그런 일이 거듭돼 아내는 다시 맥 때처럼 바롱과 산책하는 것을 포기하고 말았다. 그래서 나는 두 마리를 다 데리고 가까운 산을 돌아다녔다. 줄 두 가닥이 뒤엉킬 때마다 고함을 지르고, 맞은편에서 다른 개가 다가올 때마다 있는 힘을 다해 버텼다.

바롱이 막 성견이 되었을 무렵 또다시 이사를 하지 않으면 안 되게 되었다. 빌린 그 집에서 2년 정도는 살 예정이었다. 나는 집 찾기를 시작했다. 하지만 조용하고, 대형견 두 마리를 길러도 이웃에서 불평을 하지 않을 그런 집이 그리 쉽사리 찾아질 리가 없었다. 더구나 비싼 집세는 내고 싶지 않기 때문에. 조건에 딱 맞는 집이 있다고 해서 가 보면, 예전에는 말을 기르던 곳이라든지, 메이지 시대의 병원으로 귀신이 나올 것 같은 집이라든지 했다. 변변한 것이 없었다.

앞으로는 이제 내 집을 갖는 수밖에 없었다. 내 집에 살면서 안정된 생활을 하자고 생각했다. 생각으로는 쉽지만 실행으로 옮기기란 보통 일이 아니었다. 인기 작가라면 문제가 없지만, 보다시피 나는 일 년에 소설 서너 권밖에 쓰지 않는 비인기 작가다. 돈을 빌릴 수나 있을지 모르겠고, 또한 빌려도 갚을 수 있을지 의문이다. 혹은 어떻게 해서 내 집을 마련하게 되었더라도 집과 땅에 얽매이는 처지를 견딜 수 있을지 자신이 없었다.

그때까지 나는 태어나서부터 쭉 셋집이나 하숙집, 기숙사에서밖에 산 적이 없었다. 이사의 연속인 28년의 세월이 방랑벽이 들게 하고 말았다. 말하자면 어느 지역으로 가도 마음은 열지 않고 그 지역과 사람을 차가운 눈으로 보고 말아, 사소한 분쟁에 휘말리거나 질리기라도 하면 훌훌 털고 다른 지역으로 가면 된다고 생각하는 유형이 되었다. 흥미가 있는 것은 늘 낯선 땅이었다. 이것은 개에 대해서도 마찬가지였다. 길러 봤으면 다음 개, 그 개를 손에 넣으면 또 다음 개 하는 식으로, 애견가와는 거리가 먼, 무책임한 주인이었다. 기르기로 한 개의 단점도 받아들이고 인정해 무던히 어울리게 되기까지 시간이 오래 걸렸다.

어느 여름, 나는 아내와 개 두 마리 그리고 작은 새를 데리고 북알프스 산들이 보이는 이곳 오마치 시로 이주했다. 딱 10년 전이다. 논 한가운데에 사람이 사는 집만이 아니라 옆에 운동장이 딸린 개집도 지어 맥과 바롱을 그곳에 넣었다. 하지만 아니나 다를까 나는 안정이 되지 않았다. 그곳이 내 집이라는 것이 머리로만 이해되었을 뿐 어느 날 또다시 다른 지역으로 흘러갈지 모른다는 느낌을 금할 수 없었다. 반면 개들 쪽은 금세 그곳에 익숙해져 일주일도 안 돼 근처의 어디라고 할 것 없이 자신들 냄새를 묻혀 놓아, 낯선 개나 사람에게 세력 범위를 강하게 주장했다.

식겁한 일

저녁이 되면 나는 맥과 바롱을 데리고 근처에 있는 넓은 강변으로 나갔다. 그 무렵 나는 틈만 나면 달렸다. 달리는 동안만큼은 마음이 풍요로웠다. 방 안에 틀어박혀 하루 종일 소설을 쓸 나이는 아니었기 때문이리라. 지금이야 보기 드문 일은 아니지만, 당시 시골에서는 조깅을 하는 사람이 하나도 없었다. 땀투성이가 되어 논두렁을 달리고 있는 나를 본 농부들은 무슨 일인가 싶어 일어서기도 하고, 그중에는 "무슨 일인가?"라고 걱정스럽게 묻는 사람도 있었다. 하지만 개와 함께 달리고 있으면 아무도 그런 눈으로 보지 않았다.

강변에 도착하면, 주위에 사람이 있는지 없는지 잘 확인한 다음 맥을 자유롭게 해 주었다. 하지만 바롱은 절대로 풀어 주지 않았다. 여전히 제멋대로라서 내 명령 따위는 듣지 않고, 줄을 풀어 주면 어디로 가 버릴지 몰랐다. 그런 점을 아내에게도 잘 일러두었다. 개집 문을 열 때는 아주 조심하라고.

그런데 어느 날 바롱은 정말이지 한순간의 기회를 놓치지 않고, 슬쩍 빠져나갔다고 생각한 찰나 논 저 멀리로 달아나고 말았다. 아내는 당황해서 부르기도 하고 먹이로 유인도 하며 이런저런 시도를 했지만, 그런 것으로 순순히 돌아올 바롱이 아니었다.

대형견을 기를 때는 늘 신경을 써야 한다. 놓치면 다른 사람에게 위협을 가할 수 있기 때문이다. 이것이 가장 큰 걱정이다. 소형견이라면 달라붙어 장난을 친 것으로 끝날 일이 대형견에서는 덮친 것으로 된다. 아무튼 본 것만으로도 공포를 느끼는 사람 또한 있을 정도니까. 나는 한동안 바롱을 뒤쫓았지만, 소용이 없다는 것을 알고 일단 집으로 돌아왔다. 그리고 마음먹었다. 위험한 도박이긴 했지만 달리 좋은 방법이 없었다. 나는 개집에서 맥을 나오게 해서는 200여 미터 저 멀리에서 이쪽 동정을 살피고 있는 바롱을 가리키며 "데려와" 하면서 놓아 주었다.

훈련견으로서는 최악이었지만 이런 경우 맥은 이해력이 빨라 곧바로 알아듣고서 바롱 쪽으로 달려갔다. 바롱 바로 옆까지 간 맥이 몸을 홱 돌려 이번에는 내 쪽으로 천천히 걸어왔다. 바롱은 이에 넘어가 맥의 뒤를 따랐다. 하지만 이내 정신을 차리고 다시 멀리 가 버렸고, 이번에는 맥을 설득하여(아마도) 둑을 내려갔다. 한 몸이 된 둘은 그것으로 모습을 감췄다.

　사태는 최악이었다. 나도 아내도 새파래졌다. 바롱 혼자라면 몰라도 맥까지 하나가 되어 동네 이곳저곳을 어슬렁거리게 된 것이다. 이제 몇 시간이 걸리든 한 마리씩 붙잡는 수밖에 없었다. 밤이 되기 전까지 어떤 수를 쓰지 않으면 안 되었다. 먼저 맥을, 그리고 일몰 직전에 바롱을 붙잡았다. 다행히 피해는 없었다.

　난처한 일은 또 있었다. 바롱이 눈이 너무 좋아 아주 멀리 있는 고양이나 사람을 발견할 때마다 짖어 대는 것이었다. 그러면 맥까지 영문도 모른 채 같이 짖었다. 그 이중창은 오랫동안 계속되고, 또한 끝이 없어서, 이래서는 힘들게 조용한 곳으로 이주해 온 의미가 없다고 생각했다. 산보를 충분히 시켜 주고 먹이도 듬뿍 주고 있는데도 두 녀석은 마치 겨루기라도 하듯이 마구 짖어 댔다.

　큰소리치는 정도로 가만히 있을 녀석들이 아니었다. 그렇다고 해서 하나씩 밖으로 끌어내 마구 팰 수도 없었다. 그래서 우리는 녀석들이 짖으면 곧바로 창문을 열어 돌을 던지기로 했다. 물론 명중시키지는 않았다. 작은 돌을 가까이에 툭 던지는 것만으로 효과는 있었다. 처음 한동안은. 두 마리는 난데없이 날아오는 돌에 놀라고 겁을 먹고서는 운동장에서 잽싸게 개집 안으로 도망쳐 들어갔다. 이것으로 문제는 해결됐다고 나는 생각했다. 그런데 두 녀석은 시간이 흐르면서 그것에도 익숙해지고 말았다. 돌이 날아올 때만 가만히 있는 것이다. 나중에는 돌에 맞아도 태연히 짖고, 급기야는 마치 그 돌이 마음에 들지 않기라도 하다는 듯 한층 더 큰 소리를 지르는 것이었다.

악을 써 가면서 돌을 내던지던 나는 '이런 짓을 해서까지 개를 기를 필요가 있을까?'라고 생각하고 '이럴 생각은 아니었는데'라며 계속 투덜댔다. 우리는 하루 종일, 일 년 내내 두 마리 개에게 끊임없이 시달렸다. 마치 맥과 바롱을 위해 있는 인생인 것 같은 후회마저 들었다. 그 무렵부터였을까. 이상적인 개의 이미지를 굳혀 간 것이.

이상적인 개의 첫째 조건은 쓸데없이 짖지 않을 것. 번견이 아니라도 좋으니 아무튼 조용할 것. 둘째는 아주 차분할 것. 둔감할 정도면 딱 좋다. 말하자면 맥이나 바롱과는 정반대인 개라는 의미다. 결국 주인과도 정반대인 셈이다.

죽은 맥을
기다리던 바롱

어느 추운 아침, 우리는 맥의 죽음을 알아차렸다. 개집이 이상하리만큼 조용했다. 하지만 그것이 바롱 혼자 짖고 있기 때문이라는 것까지는 알지 못했다. 원고지 앞에 앉았을 때 나는 퍼뜩 드는 생각에 창문을 열었다. 바롱밖에 보이지 않았다. 급하게 아내를 불러 가 보게 했다. 아내는 나지막한 목소리로 말했다. "맥이 죽었어요." 나는 밖으로 뛰어나가 개집으로 들어갔다. 맥은 옆으로 누운 채 움직이지 않았다. 입에서 긴 혀와 함께 미세한 거품이 나와 있었다. 사상충 때문일지 모른다. 어젯밤까지는 건강했던 것이다. 식욕도 있었고 뛰어다니기도 했다.

그날 나는 일을 그만두고, 아내도 거들게 해서 마당 구석에 깊은 구덩이를 팠다. 겨울이라 눈이 있는 데다 눈 아래 지면까지 얼어붙어 있어 아주 애를 먹었다. 불과 1미터인 구덩이를 파내는 데 오전이 다 갔다. 담요로 싼 맥을 구덩이가 있는 곳까지 끌고 가 가만히 넣고 흙을 덮었다. 지면을 평평하게 다졌다. 너무나도 맥없는 죽음이었기에 슬프다는 감정도 들지 않았다. 갑자기 없어져 버렸다는 느낌이 강하고, 바롱 또한 그렇게 느끼는 것 같았다. 맥이 죽었다는 것을 바롱은 인정하지 않았다. 눈앞에서 맥이 묻히는 것을 보고서도 밤새 운동장 구석에 웅크리고 앉아 먹이도 제대로 먹지 않고 물도 거의 마시지 않은 채 맥을 기다렸다. 언젠가 맥이 돌아오지 않을까 하는 생각에 다음 날도, 그 다음 날도 그렇게 하고 있었다.

◇

묶거나 가두지 말자

◇

맥이 죽은 지 일주일도 지나지 않아 우리는 이미 다음 개를 정해 버렸다. 세인트버나드. 이것밖에 없다고 그때는 생각했다. 왜 그 개가 아니면 안 되는 것일까. 지극히 간단하고도 유치한 이유였다. 말하자면 영화나 TV를 통해 친숙한 만화적인 이미지를 순진하게 믿고 말았기 때문이다. 아주 차분하고 쓸데없이 짖지 않고 머리 좋고 애교도 있으며, 아이에게는 온순하고 인명 구조까지 한다는 둥. 이것이 이상적인 개가 아니고 무엇이란 말인가.

왜 좀 더 빨리 세인트버나드로 하지 않았을까, 라고 우리는 서로에게 말했다. K 씨에게 상담하자 그는 뜻밖에도 이런 충고를 했다. "포기하십시오, 세인트버나드 같은 건. 그런 개를 키울 거면 돼지나 키우는 편이 더 낫습니다. 돼지는 잡아먹을 수라도 있지만 세인트버나드는 그러지도 못하죠."

나는 그 말을 무시했다. 편견이라고 단정 지었다. 애견가들은 자칫하면 자신의 취향이 아닌 견종을 나쁘게 말하게 된다. K 씨는 셰퍼드나 도베르만 이외의 개는 인정하고 싶지 않은 것이다. 그 사람이 뭐라고 하든 나는 "아뇨, 이미 결정했습니다"며 고집을 부렸다. 그는 "후회해도 전 모릅니다"면서 결국 세인트버나드 강아지를 찾기 위해 도쿄 쪽으로 갔다. 도착하기를 기다리는 동안 나는 이름을 생각했다. 조르바. 그 유명한 영화 〈그리스인 조르바〉에서 '실례'를 한 것이다.

뭉게뭉게
자란 강아지

조르바를 처음 보았을 때 크기에 새삼 놀랐다. 각오는 했는데도 이게 정말 생후 2개월 된 강아지인가 의심이 들었다. 하지만 바롱 때와 마찬가지로 실망은 하지 않았다. 감동은 기대 이상이었다. 강아지인데도 차분하고, 불필요하게 짖지 않고, 사랑스럽고 밝은 성격이었다. 차에 싣고 집으로 데리고 가 상자 속에서 조르바를 꺼냈다. 조르바는 쑥스러운지 좀체 밖으로 나오려 하지 않았다.

조르바를 보았을 때 아내도 크게 감동했다. "이거야말로 정말 내가 원하던 개네." 아내가 조르바를 꼭 껴안았다. K 씨의 충고는 잘못되었다. 그는 세인트버나드에 대해서는 정말로 하나도 모른다고 생각했다. "셰퍼드나 도베르만 따위가 조르바에 비해 뭐가 그리 대단하다고." 나는 말했다.

이전에 그랬듯이 강아지일 동안은 실내에서 키우기로 했다. 조르바는 튼튼해 셰퍼드 강아지처럼 신경 쓰며 다루지 않아도 되어 좋았다. 식욕도 아주 왕성해 하루에 다섯 번 주는 먹이를 눈 깜짝할 사이에 먹어 치웠는데, 배탈이 난 적 없이 무럭무럭 이라고 하기보다는 뭉게뭉게 자랐다. 하룻밤 지나 조르바를 보면 몸이 커졌다는 것을 금방 알 수 있을 정도였다. 실내의 다른 장소로 옮기기 위해 조르바를 안아 올리던 아내는 이러다가는 보디빌더처럼 팔이 굵어져 버리겠다며 한탄했다. 그것도 잠시였다. 체중이 갑자기 늘어 아내 힘으로는 안아 올릴 수 없는 지경에 이르렀다. 바롱과 함께 개집에서 키울 날이 다가왔다.

바롱과 조르바는 첫 대면 때 예상했던 만큼 험악하게 굴지는 않았다. 서로 상대의 냄새를 맡고 아주 조금 으르렁거리고는 끝나 버려 싸움으로 이어지지는 않았다. 다음 날은 벌써 아주 친해 있었다. 바롱은 후배인 조르바가 무슨 짓을 하더라도 너그러이 봐주었지만 맥처럼 일부러 공을 가지고 와서 놀아 줄 정도의 배려는 없었다. 바롱은 아마도 조르바를 호의적으로 생각하지 않았을 것이다. 조르바는 집요했다. 쉴 새 없이 바롱을 뒤쫓고, 장난을 걸고, 도망치면 점점 더 우쭐해져서 시비를 걸었다.

조르바는 여전히 눈에 띌 정도로 자라 마침내는 바롱의 몸무게를 뛰어넘었다. 힘도 세졌다. 아마 어느 날 조르바는 자신의 실력을 알아차렸을 것이다. 선배인 바롱의 체면 따위는 아랑곳하지 않게 되었다. 너무나 집요하게 장난을 걸어 바롱이 참지 못하고 으르렁거려도, 조르바는 무시하고 점점 더 못된 장난을 걸었다.

바롱이 가장 싫어한 것은 조르바의 침이 아니었을까. 바롱은 깨끗한 것을 좋아하는 성격이었다. 자랑거리인 긴 털이 젖는 것을 싫어해 비 오는 날에는 개집에 틀어박혀 꼼짝도 하지 않았고, 산보 길에 작은 웅덩이만 있어도 멀리 돌아서 갈 정도였다. 물을 마실 때조차 아주 조심해 결코 가슴을 젖게 하지 않았다. 과연 사막의 개였다. 그런 바롱을 조르바는 침투성이인 커다란 입으로 물고 늘어져(물론 진심으로 그런 건 아니었지만) 온몸을 끈적끈적하게 만들어 놓고 말았다.

바롱은 분명 조르바의 모든 것이 마음에 들지 않았을 것이다. 미치광이 같은 식욕과 천박하기 그지없는 먹는 모습도. 훨씬 시간이 지나서 나는 조르바와 똑같은 모습으로 먹는 사내를 만나 깜짝 놀란 적이 있다. 그렇다고 해서 내가 식사 예절에 말이 많은 교양 있는 부류는 결코 아니다. 요컨대 먹으면 된다고 생각하는 쪽이다. 그런 내가 놀란 것이다.

그는 테이블에 요리가 나란히 놓이면 갑자기 안절부절못하며 시선을 고정시키지 못했다. 그의 눈은 접시 위를 배회하며 반짝반짝 빛을 내기 시작했다. 머릿속은 젓가락을 댈 순서로 가득했을 것이다. 막 먹을 때가 되면, 평소에는 누구보다 느린 그였지만 잽싸게 테이블 위로 몸을 내민다. 젓가락이 아직 요리에 닿지 않았는데도 입 쪽은 이미 금붕어처럼 뻐끔뻐끔 움직이고 있었다.

나중에 들어서 알았는데, 그는 아주 가난하게 소년 시절을 보냈다고 한다. 하지만 그것은 이유가 되지 못한다. 왜냐하면 훨씬 더 가난한 청춘을 보낸 다른 지인은 결코 그런 식으로 먹지 않으니까. 개하고는 관계없는 이야기이지만, 소심한 사람일수록 식욕이 강하고, 그래서 비만이다. 물론 예외도 있지만 그 수는 아주 적다.

대장 자리를
빼앗긴 바롱

맥과 바롱은 가르치지 않았는데도 운동장 구석을 대소변 보는 곳으로 정해 두었다. 산보를 할 때에는 풀숲에서만 일을 보았다. 그래서 우리는 개는 원래 그렇게 하는가 보다 하고 전적으로 믿고 있었다. 그런데 조르바는 때로 걸으면서 말처럼 큰일을 보는 등 전혀 개의치 않았다. 게다가 그 양이 엄청나서 하루에 몇 번이고 청소를 하지 않으면 안 되었다. 그 무렵이 되어서야 우리는 겨우 K 씨의 충고를 이해하게 되었지만, 이미 늦었다.

바롱은 애가 타기 시작했다. 이러다가는 똥 범벅인 일생이 되고 말지 몰라 초조해 했는지 모른다. 또는 이대로라면 입장이 역전되고 말아 훨씬 더 비참한 나날을 보내지 않으면 안 되리라며 골몰했는지도. 대장 자리를 빼앗기든 말든 그보다는 더는 조르바에게 그 큰 얼굴을 내주지 않는 게 더 중요했을 것이다.

그날은 아침부터 바롱의 상태가 이상했다. 짖는 횟수가 평소와 달리 많았고 목소리도 다소 날카로웠다. 잠시 후 갑자기 개집 안에서 큰 소동이 일어났다. 평소 '놀이' 때의 소리가 아니라 어떤 심각성을 담고 있었다. 먼저 아내가 뛰어나갔다. 아내가 중재에 들어가면 금세 가라앉으리라 생각하고 나는 방에 있었다. 그런데 바롱의 짖는 소리가 점점 더 거칠어지고, 마침내 조르바의 과장스러운 비명이 들려왔다. 아내가 소리를 질렀다.

내가 개집 앞에 섰을 때에는 이미 결말이 나 주위는 잠잠한 상태로 돌아가 있었다. 조르바가 운동장 구석에 쭈그려 앉아 있고, 바롱은 반대로 대단한 기세로 뽐을 내고 있었다. 보니까 조르바 얼굴에서 많은 피가 흘렀다. 바롱의 날카로운 이빨에 볼살이 쭉 찢어져 있었다. 그 상처는 이삼일 만에 나았지만 흉터는 남고 말았다. 마치 알 카포네의 얼굴처럼 되어, TV나 영화에 등장하는 세인트버나드 이미지와는 더욱더 멀어지고, 보는 사람을 덜덜 떨게 만들었다.

하지만 바롱의 천하는 한 달도 가지 못했다. 사냥개 특유의 민첩한 몸놀림과 칼처럼 날카로운 이빨을 무기로 삼아 그저 몸집만 큰 세인트버나드를 완전히 제압했는데도 곧 대장의 자리를 빼앗겼다. 하지만 두 번째의 결투가 있었던 것은 아니다. 한 달 사이에 엄청나게 커 버린 조르바를 보고 바롱은 완전히 손을 든 것이다. 아무튼 조르바의 체력은 대단해서 아내 정도는 앞발로 가볍게 일격(조르바로서는 친근감을 나타내는 인사였을 것이다)만 해도 뒤로 벌렁 넘어졌다.

어느 사이에 바롱은 조르바의 추종배로 전락해 있었다. 정신을 차리고 보니 그런 관계로 되어 있었다. 긍지가 대단한 사막의 사냥개가, 주인 명령조차 따르지 않는 아프간하운드가, 침과 지방과 똥의 괴물과 같은 어린 세인트버나드의 부하가 되고 말았다. 믿을 수 없는 일이지만, 사실이었다.

비에 젖은 조르바의 몸을 깨끗하게 핥아 주고 있는 바롱의 모습을 보았을 때 나는 거기에 인간 세계가 그대로 있음을 느꼈다. 거드름을 피우거나 두 손으로 빌든가 하는 두 종류밖에 모르는 불쌍한 남자들을 떠올렸다. 바롱은 조르바의 안색을 살피며 살게 되었고, 조르바는 조르바대로 점점 기세가 등등해져 마침내는 바롱의 먹이까지 뺏기에 이르렀다.

아내는 먹이가 담긴 그릇 두 개를 개집에 밀어 넣고는 곧바로 부엌으로 돌아왔다. 얼마 안 있어 개집에 가 보면 그릇은 둘 다 빈 상태. 아내는 조르바와 바롱이 사이좋게 먹은 것으로 생각했다. 어느 날 아내는 바롱의 그릇에 머리를 처박고 있는 조르바를 보고 말았다. 하지만 그때도 설마 했다. 바롱이 먹다 남긴 것을 먹고 있으려니 했다.

다음 날 아내는 걱정이 되어 그릇을 개집에 넣은 후 지켜보았다. 그러자 조르바가 전부 먹고 말았다. 조르바의 수법은 이랬다. 우선 바롱의 먹이를 후다닥 다 먹어 치운 다음, 천천히 자기 걸 먹는다. 바롱이 조금이라도 다가오려고 하면 날카로운 소리로 으르렁거려 위협하고, 그 소리에 바롱은 겁을 먹고 포기하고

만다. 바롱이 굶어 죽지 않은 것이 이상할 정도다. 아마 조르바는 물은 늘 듬뿍 있다는 것을 전부터 알고 있어 그렇게 했을 것이다.

바롱이 다 먹을 때까지 아내는 옆에 붙어 있기로 했다. 조르바가 조금이라도 바롱의 먹이에 접근하려고 하면 찰싹 후려쳤다. 하지만 바롱은 조르바가 으르렁거리기만 해도 먹을 수 없게 되었다. 바롱을 개집 밖으로 꺼내 놓아도 마찬가지였다. 조르바가 한번 쏘아보기만 해도 식욕을 잃고 마는 것이다. 조르바는 마치 이런 식으로 위협하고 있는 것 같았다. "너, 어디 그거 먹기만 해 봐, 나중에 실컷 패 줄 테니까." 그래서 아내는 밥 줄 시간이 되면 바롱을 조르바 눈이 닿지 않는 장소로 옮겨서 먹였다.

큰 개
다루는 법

인간과 동물의 관계는 애정으로만 이루어져 있다고 우기거나 주장하려는 사람이 많다. "애정만 있다면 어떤 동물과도 어울릴 수 있다." 이런 식의 말은 확실히 듣기 좋고, 감동적이며, 낭만주의자들을 혹하게 하는 힘을 충분히 가지고 있다. 실제로는 어떨까. 애정만 기울이면 정말로 모든 것이 순조롭게 나아갈까.

나는 기회가 있을 때마다 어느 개에게든 내 쪽이 더 강하다는 점을 뼈저리게 느끼게 했다. 조르기며 밭걸이며 뛰어차기 같은 기술을 써서 위압해 왔다. 아내에게도 그것을 쓰도록 두세 번 권했지만 아내는 "도무지 저는 못하겠어요"라며 단념했다. 그 결과 아내는 어떤 개하고도 산보를 할 수 없게 되고 만 것이다.

초대형견을 기르기로 마음먹기 전에 자신의 체력을 잘 살펴보는 편이 좋다. 아무리 혹독하게 훈련을 받은 개라도 명령에 어긋나게 제멋대로 행동하지 않는다는 보장은 어디에도 없기 때문이다. 세인트버나드가 아무리 날뛰어도 나는 그것을 굴복시킬 자신이 있다. 하지만 세인트버나드가 아프간하운드와 같이 있으면 굴복시킬 수 있을지 없을지 알 수가 없었다. 그래서 산보하러 갈 때에는 한 마리씩 따로따로 데리고 나갔다. 시간은 배가 걸려도 그쪽이 안전하다.

바롱은 철저하게 물을 싫어하는 반면 조르바는 아주 좋아한다. 이런 차이 하나만 들더라도 두 마리를 동시에 산보시키는 것은 무리다. 조르바가 아직 그렇게 크지 않고 힘도 없었을 때 아내가 이따금 산보를 시킨 적이 있는데, 어느 날은 강을 발견한 조르바가 갑자기 뛰어들더라는 것이다. 그런데 그 강은 유수가 빠르고 수량도 있어 조르바는 순식간에 쓸려 갔다. 아내는 있는 힘을 다해 쫓아갔고 흐름이 완만한 곳에서 마침내 개 줄을 잡아 조르바를 구해 냈다. 그때 조르바는 목숨을 건진 것이 어지간히 기뻤던지 아내를 껴안고 한동안 움직이지 않았다고 한다. 이미 혼이 나 괜찮으리라 생각해서 돌아올 때도 같은 길을 지났는데 조르바는 또다시 한 치의 망설임도 없이 강에 뛰어들고, 떠내려가고, 고생해서 물가로 기어올라 오고……. 아내는 돌아오고 나서 난데없이 나에게 이렇게 말했다.

"세인트버나드가 인명 구조를 한다느니 하는 이야기는 새빨간 거짓말 같은데."

강가로 데려가면 조르바는 곧바로 전용 수영장으로 향했다. 자갈을 파내서 생긴 커다란 웅덩이에 뛰어들어 느긋하게 헤엄을 쳤다. 북알프스의 눈 녹은 물은 맑기는 했지만, 너무나 차가워 사람은 들어갈 수 없다. 불과 5분도 견딜 수 없다. 그런데 조르바는 아무렇지도 않았다. 내가 "올라와!" 하지 않는 한, 몇 시간이고 가볍게 헤엄을 쳤다. 눈과 코를 물 위로 드러내고 헤엄치는 조르바 모습은 너무나 청결해 보여, 바로 그 "돼지 쪽이 낫다"는 말을 갖다 붙일 수가 없었다.

하지만 나는 조르바가 강가 이외의 장소에서 헤엄치는 것이 그다지 달갑지 않았다. 특히 논에 물을 대는 작은 도랑에서는 하지 말아 줬으면 했다. 절대로 무리라는 것을 알고 있으면서도 조르바는 그 큰 몸을 억지로 그 보잘것없는 도랑에 비집어 넣으려고 했다. 그러면 물 흐름이 막혀 버려 순식간에 그 주변은 물바다가 되었다. 그래도 세인트버나드처럼 체취가 강한 견종은 미역 감는 것을 좋아하는 편이 낫다. 다만 나중에 수건을 몇 장이고 써서 닦아 주지 않으면 피부병에 걸리기 쉽다.

미역을 감지 않을 때에는 아내가 약용 비누를 써서 씻겨 주었다. 그것은 참으로 손이 많이 가는 일이었다. 항상 두 시간 이상은 걸렸을 것이다. 어느 날 아내는 그 일을 마치고 도구를 정리하기 시작했다. 그런데 스폰지가 보이지 않았다. 그것은 벽돌 두 장을 겹쳐 놓은 듯이 큰 스폰지로, 색깔도 분홍이었기 때문에 금세 찾을 법도 했다. 하지만 아무리 찾아도 없다. 어디에도 없었다. 조르바를 보니 시치미를 뚝 떼고 있다. 조르바의 그 태도에 퍼뜩 눈치를 챈 아내가 "얼른 내놔" 했는데도 조르바는 입을 꾹 다문 채 오리발을 내밀었다. 아내는 조르바에게 다가가 큰 입을 억지로 열었다. 스폰지는 그곳에 쏙 들어가 있었다. 조르바는 아내의 눈을 피해 잽싸게 그것을 입 안에 숨겼던 것이다. 나중에 놀이 도구로 삼을 생각이었을까.

묶거나
가두지 말자

최근에 생각한 일인데, 개를 사슬로 묶어 키우는 것은 물론 개
집에 가두어 기르는 것도 잘못된 것은 아닐까. 비록 산보를 늘
시키고 있어도 말이다. 늘 사람 옆에 있게 하고 가족처럼 여기
면서 길러야 하지 않을까. 마스티프 계통의 개는 특히 외로움을
많이 탄다. 가두거나 묶어서 키우면 기가 죽고 만다. 그리고 머
지않아 그에 반발해 난폭해지고 함부로 사람을 물고 늘어질지
도 모른다.

　일 때문에 외국에 나갈 때마다 부러운 것이 하나 있다. 사람
과 개가 아주 자연스럽게, 이상적인 형태로 관계를 맺고 있는
점이다. 도베르만에게든 셰퍼드에게든 불마스티프에게든 느닷
없이 공격당할 걱정 없이 사람이 접근할 수 있다는 것이다. 팔
힘이 없는 노부인이 줄을 잡고 있거나 제멋대로 개를 방치하고
있더라도 왠지 공포가 느껴지지 않는다. 훈련을 잘 받아서가 아
니라 사육 방법 때문은 아닐까 생각한다. 눈이 반짝반짝하지 않
는 것은 정신이 안정되어 있다는 증거로, 그것은 늘 주인 곁에
있기 때문은 아닐까.

　어느 밤 테라스에서 인기척이 느껴져 나는 긴장했다. 이런

시골이라고 해서 범죄와는 무관한 세계라고 생각하는 것은 잘 못이다. 만만한 얼굴을 하고 있으면 무슨 짓을 할지 모르는 상대는 어디에든 있다. 선명하게 발소리가 들렸을 때 나는 커다란 칼을 움켜쥐고 확 하고 유리문을 열었다. 거기에 있었던 것은 사람이 아니라 조르바였다. 조르바는 꼬리를 살랑살랑 흔들며 반갑다는 듯이 서 있었다. 외로움을 견디다 못해 탈출한 것일까. 울타리를 밀어 부순 후 나와서 어디에도 가지 않고 곧바로 우리가 있는 곳으로 온 것이다. 다행히 바롱은 도망가지 않았다. 형식을 중시하는 바롱은 거기에서 밖으로 나갈 수 있으리라곤 꿈에도 생각하지 못했을 것이다. 밖에 있는 조르바를 신기하게 바라보고 있을 뿐이었다.

조르바의 털 손질도 분명 보통 일이 아니었지만, 바롱은 그것 이상이었다. 바롱의 비단처럼 멋진 긴 털은 얼마 안 있어 너덜너덜해지고 걷는 대걸레로 바뀌어 갔다. 매일 솔질을 해 주어도 보풀처럼 털이 뭉친 곳이 늘어만 갔다. 조르바의 침 탓이었다. 털이 굳어 펠트 상태가 되면 더는 솔도 쓸 수 없었다.

하긴 사람 중에도 머리카락을 그렇게 장식한 이가 있다. 그것도 여자다. 어지간히 게을러서일 것이다. 하지만 사람의 경우에는 아주 간단하게 해결할 수 있다. 감거나, 심하게 엉켜 영 빗을 수 없는 곳은 자신이 거울을 보면서 잘라 내면 된다. 그런데 개털이 엉겨 있을 때는 그럴 수가 없다. 자르게 두지를 않는 것이다. 더구나 바롱처럼 기질이 드센 개는 가위를 가까이 대기만해도 도망을 다니고, 억지로 제압을 하더라도 날뛰기 때문에 위험해서 어쩔 수가 없다.

수의사에게 상담을 하자 "재워서 자르는 수밖에 없죠"라며 수면제를 주었다. 나는 바롱에게 즉시 수면제를 먹였다. 하지만 아무리 기다려도 효과는 나타나지 않고 바롱은 힘차게 뛰어다녔다. 다시 수의사에게 가자 "더 많이 먹이면 됩니다"며 같은 약을 주었다. 나는 전부 먹였다. 바롱이 잠든 것은 그 후로도 제법 시간이 흐른 뒤였다.

털이 뭉친 부분을 깔끔하게 잘라 낸 다음 바롱을 개집에 다시 넣었다. 서너 시간 지나면 눈을 뜨고, 한동안은 허리를 휘청댈 수도 있다. 하지만 조금 있으면 원래대로 돌아오니 걱정할 것 없다고 수의사는 말했다. 하지만 여섯 시간이 지나도 바롱은 움직이지 않았다. 눈을 감은 채 옆으로 누워 있었고 몸은 서서히 굳어 갔다. 조르바는 그런 바롱에게 바싹 붙어 있었다. 나와 아내가 개집으로 들어가자 벌떡 일어나서는 앞발로 우리를 강하게 몇 번이고 밀며 마치 사람처럼 입을 움직여 계속 호소를 했다. "당신들, 바롱을 어떻게 좀 해 봐." 분명 이렇게 말하고 싶었을 것이다. 조르바가 이런 동정 어린 태도를 보인 것은 그때 한번뿐

이었다.

바롱은 다음 날 아침이 되어서야 눈을 떴다. 한나절 정도 휘청거렸지만 저녁에는 완전히 회복됐다. 그렇게 걱정하던 조르바는 평소처럼 바롱을 장난감 삼아 마구 내몰며 놀기 시작했다.

UFO를 발견한 개

형 친구가 갑자기 개를 길러 보고 싶어졌다며 나한테 전화를
걸어 왔다. "어떤 개가 좋을까?"라고 물었지만 곧바로 답할 수
가 없었다. 취향이나 목적 등을 가르쳐 주지 않으면 어렵다. 그
래서 나는 몇 가지 질문을 던졌다. 맞벌이 부부에 아이는 하나.
아이가 외롭지 않게 하려고 개를 선물하는 것이라 한다. 남편도
아내도 의사이기 때문에 생활하는 데 궁할 것은 하나도 없다.
남편 수입만으로도 편안하게 살아갈 법하다. 하지만 부인은 돈
을 위해서가 아니라 계속 일을 하고 싶어 한다고 한다.

두 사람이 바라는 개는 얌전하되 그래도 집 지키는 역할은 할
수 있는 개였다. 그렇다고 해서 대형견은 곤란하다. 내 머리에
떠오른 것이 차우차우였다. 아직 한번도 길러 보지는 않았지만
차우차우가 딱 맞지 않을까. 실은 나도 아내도 훨씬 이전부터

이 개에 흥미를 가지고 있었다. 그래서 '다음 개'를 정할 때에는 매번 후보에 오르는 종류였다. "다음에는 꼭 차우차우로 해 볼까?" 나는 늘 말했다.

하지만 무슨 일인지 실제로 차우차우를 기르기에는 이르지 못했다. 대형견이 아니라는 이유밖에 없었을 것이다. 당시 우리 눈은 대형견 아니면 초대형견에만 가 있었다. "개는 아무튼 크고 봐야 한다니까." 나는 지인에게 말하곤 했다. 또한 차우차우 사진을 볼 때마다 우리는 서로 이렇게 말했다. "이 모습 그대로 세인트버나드 정도 크기라면 참 좋을 텐데…. 누가 대형 차우차우 안 만들어 주나."

기묘한 개

그건 그렇다 치고, 훈련사 K 씨가 검은 차우차우를 찾아 주리라고는 생각지도 못했다. 적갈색과 크림색 두 종류밖에 몰랐기 때문에. 그런데 형 친구는 사정이 있어 그 검은 차우차우를 겨우 몇 주 동안밖에 기를 수 없었다. 결국 내가 인수했다. 그때 나와 차우차우는 인연이 있다고 생각했다. 세 마리나 돌보지 않으면 안 되었는데도 아내도 반대는 하지 않았다. 다만 처음 그 검은 차우차우 강아지를 보았을 때 "좀 더 귀여울 줄 알았는데…"라며 불만스러워 했을 뿐이다. 눈이 약간 치켜 올라가고, 배 부분 털이 아직 덜 자라 있었으며, 강아지다운 태도는 없었다. TV 광고에 종종 등장하는 차우차우와 비교하면 만화적인 인상이 별로 없고, 성격까지 어둡다는 것이 얼굴에 또렷이 드러나 있었다.

'구마고로'라는 이름을 붙였다. 하지만 부르기에는 너무 길어 '구마'(곰이란 뜻-옮긴이)로 줄였다. 확실히 곰과 많이 닮아 있었다. 보면 볼수록 쏙 빼닮았다. 잉크라도 핥은 듯한 파란 혀를 보니 더 개 같아 보이지 않았다. 아내가 구마를 옆구리에 안고 길을 걸으면 다들 경멸의 눈길을 보냈다. '나이도 엔간히 먹은 사람이 아직도 곰 인형을 끼고 있네'라는 표정으로 빤히 쳐다보았다. 그러다 그것이 살아 있다는 것을 안 순간, 요란한 비명을 내지른다. 잠시 뒤 정신을 차리고는 조심스럽게 다가와 또다시 빤히 쳐다보며 묻는 것이다. "이거 진짜 곰이에요?"

구마는 기묘한 개였다. 겉모습뿐이 아니라 성격도 이상했다. 사람과 늘 거리를 두었고 주인인 나한테조차 성큼 다가오지 않았다. 말하자면 얼굴이나 손을 핥는 식의 행동은 전혀 하지 않고, 어릴 때부터 자라는 것을 확실히 가지고 있었다. 또한 깨끗한 것을 좋아해서 방 안에서 실수를 한 적이 한번도 없고, 테라스로 내보내 줄 때가지 몇 시간이고 참았다. 체취도 세인트버나드나 셰퍼드보다 훨씬 약하고 침도 거의 흘리지 않았다. 무엇보다도 마음에 든 것은 쓸데없이 짖지 않는 점이었다. 구마는 조용한 개였다. 주위의 변화에 지나치게 반응하는 일이 결코 없고, 늘 차분했다.

그 무렵 우리는 개를 집 안에서 기르는 일은 생각조차 하지 않았다. 더욱이 다다미방밖에 없는 실내를, 외국에서처럼 커다란 개가 제멋대로 돌아다니게 할 수는 없었다. 하지만 구마를 기르면서는 곧바로 생각이 바뀐 것이다. 다른 개는 몰라도 이 개라면 성견이 되어서도 집 안에서 기를 수 있지 않을까. 밖에서 기를 개는 아니라는 생각도 했다.

가르친 것도 아닌데 구마는 우리가 준 물건 이외에는 건드리려고 하지 않았다. 전선을 물어뜯거나 식탁 위 음식을 훔쳐 먹거나 문종이를 찢거나 하는 일이 한번도 없었다. 게다가 구마는 거실과 테라스 이외에는 가려고 하지 않았다. 다른 방으로 결코 가지 않는 것은 복도에서 미끄러져 넘어진 적이 있기 때문일 것이다. 그런데도 알 수 없는 것은, 마당으로 통하는 계단(불과 몇 단 안 되지만)이 연결되어 있는데도 절대로 내려가지 않는 점이었다. 다른 집 계단은 아무리 경사가 심하고 길어도 쉽게 오르락내리락하는데 말이다. 구마는 분명 형식주의자일 것이다. 아니면 한번 생각한 것은 절대로 바꾸려 하지 않는 고집불통일지도 모른다.

그런 구마도, 테라스 끝에서 끝까지 전속력으로 내달리는 모습은 너무나 강아지다웠다. 그 무렵 구마는 달릴 때마다 웬일인지 눈알을 뒤집고(즉 눈의 흰자위만 드러내고) 마는 것이었다. 당연히 앞이 보이지 않고 기운이 넘쳐, 땅으로 떨어진 적이 두세 번 있었다. 그때의 공포가 성견이 되어서도 남아 있는 것일지 모른다. 테라스 밖으로 나가지 않는 구마의 이런 버릇이 우리로서는 참으로 반가운 일이었다. 개집에 가두거나 사슬로 묶지 않아도 되었기 때문이다. 우리의 구마 사육법은 이상적인 것에 가깝고, 우리와 구마는 이상적인 개와 인간의 관계를 맺고 있었는지 모른다. 더욱이 개집에는 세인트버나드인 조르바, 아프간하운드인 바롱이 있고 그 두 마리가 하루 종일 야단법석을 피우고 있었기 때문에 거기에 구마를 집어넣고 싶은 마음은 도무지 들지가 않았다.

개집이 보이는 테라스 끝에 가면 구마는 조르바와 바롱을 물끄러미 바라보다 가볍게 짖기도 하고 꼬리도 흔든 다음, 급하게 우리가 있는 곳으로 돌아와 열심히 입을 우물거렸다. 아마도 구마는 "저기 있는 엄청 큰 놈들은 뭐지?"라고 묻고 싶었을 것이다. 구마는 자신을 개라고 생각하지 않고, 분명 조르바나 바롱의 동료라고도 생각하지 않았을 것이다. 그리고 한동안 시간이 흘러 세상을 알게 되었을 때 자신이 사람이 아니라는 것을 깨닫고는 엄청난 충격을 받아……. 소설가의 잠꼬대가 되기 때문에 이쯤에서 그만두기로 하자.

하지만 구마처럼 착각을 하는 사람이 인간 세상에도 많다. 인간의 모습을 하고 있지만 실은 자기가 신이라거나 다른 별에서 온 우주인이라고 진짜로 주장하는 사람이 있다. 하지만 그들을 비웃고, 그들의 머리를 의심하고, 그들을 조롱하기 전에 우선 자신을 의심해 볼 필요가 있다. 신이라든지 우주인이라고까지는 생각하지 않더라도 "나는 저 녀석보다는 나은 인간이다"는 식의 우쭐함이 마음 어딘가에 있고, 그런 우월감에 매달려 살 수밖에 없는 것에 조금도 부끄러워하지 않게 되면, 더는 구마를 우습게 볼 수 없는 처지인 것이다.

딴 집 식구가 된
바롱

조르바와 바롱의 관계는 변함이 없었다. 식욕 덩어리인 조르바의 횡포는 점점 더 심해졌고, 당하기만 하는 바롱은 그 옛날 아프가니스탄 사막에서 표범을 상대로 싸웠다는 긍지와 자존심은 어느새 버리고 "오늘도 기분 좋게"라는 식의 태도로 졸개의 의무를 다했다. 하긴 저항해 보았자 어차피 조르바의 적수는 아니었다. 대든 순간 앞발 일격에 나가떨어지고, 울타리에 내동댕이쳐지고, 쓰러지고, 짓밟히고…. 그야말로 험악한 꼴만 당하는 것이었다. 가만히 있기만 해도 쉴 새 없는 침 공격에 바롱은 다시금 온몸의 털이 뒤엉키고 말았다.

바롱과 조르바를 서로 다른 개집에 넣어 기르든지 어느 한쪽을 처분할 수밖에 없었다. 나로서는 뒤쪽 방법을 취하고 싶었다. 왜냐하면 두 마리를 분리해서 키우면 서로 짖어 대 배로 시끄러워져, 일은 엄두도 못 내게 될 것이 뻔했다. 그래서 바롱을 원하는 사람이 나타났을 때 그 자리에서 바로 "갖고 싶으면 데려가"라고 아주 냉담한 말투로 말해 버렸다. 나 자신조차 놀랄 정도였다. 아내도 그다지 반대는 하지 않고 "어쩔 수 없죠"라고 중얼댈 뿐이었다.

그런 편이 바롱을 위해서도 좋을 것이다. 조르바와 계속 같이 있어서는 걸레처럼 너덜너덜해질 것이 분명했다. 바롱 자신도 분명 그런 생활에는 진절머리가 나 있을 것이다.

새로운 주인을 만나 그 집으로 간 날 바롱은 커다란 개집에 들어가 느긋하게 잠을 자고, 아무에게도 방해를 받지 않고 먹이를 먹었다. 그 집 근처를 지날 때마다 들러 보았는데 바롱은 여전히 나를 기억하고 있어서 조금은 반가운 기색을 했다. 하지만 데리고 가 달라고 할 정도로 반가워하지는 않았다. 그리고 언제부터인가 나를 남으로 취급하게 되었고 가까이 다가가면 낮은 소리로 으르렁거렸다. 하지만 나는 이 정도면 됐다고 생각하고, 결국은 만나러 가지 않게 되었다.

바롱이 없어지자 조르바는 처음 한동안은 외로운 기색을 보였다. 텅 빈 개집 한가운데에 우두커니 서서 밖을 바라보는 일이 많아졌다. 상대를 해 줄 동료가 없어져 놀 방법이 궁해지자 테라스 끝에서 내려다보고 있는 구마를 향해 "왕왕" 하고 짖어 유혹을 했지만, 구마는 "너 같은 개하고는 같이 못 놀아"라는 투의 표정으로 내가 있는 곳으로 되돌아왔다.

처가에서 장례식이 있었을 때 우리는 결혼 이후 처음으로 집을 비웠다. 그때까지는 1박 하는 여행조차 한 적이 없었다. 어느 한쪽이(주로 아내지만) 집에 남아 개를 돌보았다. 개를 키우기 전에는 살림도 궁해 여행은커녕 이사만 반복하고 있었기 때문에 굳이 여행을 가고 싶다는 생각도 하지 않았다.

일단 아내가 집을 나섰다. 내가 개를 돌보고 나서 뒤따를 참이었다. 구마는 개를 좋아하는 지인 집에 맡겼지만 조르바는 그렇게 되지 않았다. 몸집이 큰 세인트버나드를 돌봐 줄 유별난 사람이 이런 시골에는 없다. 그래도 여기저기 전화를 해서 부탁을 해 보았지만 맡아 줄 사람이 없었다. 대답은 한결같았다. "좀 작은 개라면 어떻게든 해 보겠지만…." 나는 생각했다. 돌본다고 하더라도 기껏해야 먹이 문제밖에 없지 않은가. 그래서 나는 조르바에게 저녁밥을 주었다. 세면기 크기의 큰 그릇에 수북하게 담았다. 조르바는 평소처럼 그것을 눈 깜짝할 사이에 먹어 치웠다.

나는 개 사료를 양동이에 넣어 "이건 내일 먹을 거야. 내일 저녁에는 돌아올 테니까 그때까지 이걸 먹고 기다려" 하고는 조르바의 머리를 한번 쓰다듬은 후 방으로 돌아와 옷을 갈아입기 시작했다. 그런데 개집 쪽에서 양동이 나뒹구는 소리가 들려왔다. 서둘러 가 보니 양동이는 텅 비어 있었고 개 사료는 한 알도 남아 있지 않았다. 조르바는 그때 벌컥벌컥 엄청난 소리를 내며 물을 마시고 있었다.

"내일 먹을 것까지 해치우다니, 바보 아냐?!" "그렇게 계획성이 없어서 어쩌자는 거야?!" 터무니없는 설교를 한 다음, 나는 한 그릇분량의 사료를 양동이에 넣었다. 조르바는 곧장 그것마저 위 속으로 넣고 말았다. 하지만 나도 조르바를 탓할 자격 따위는 없었다. 약간이라도 수입이 생기면 금세 다 써 버려, 편하게 지낼 수 있는 연 수입이 있게 되고서도 늘 궁핍했기 때문이다. 개뿐만이 아니라 오토바이, 자동차에도 손을 대 두 달 이후 생활비조차 어떻게 될지 예측할 수 없는 나날이 몇 년이고 이어졌다. 그런 상황은 지금도 계속되고 있다. 그래도 최근 십수 년 동안은 아무튼 그럭저럭 살아올 수 있었다. 돈이 없어지면 펜을 들고, 돈이 들어오면 실컷 논다는 인기 작가의 생활과는 정반대 방식으로 살면서 지금껏 30권 정도의 책을 냈다.

나는 양동이에 사료를 한가득 담아 또다시 조르바에게 주었다. 더는 먹지 않으리라 생각하며 보고 있는데, 조르바는 다시금 양동이에 얼굴을 처박았다. "마음대로 해라." 나는 방으로 돌아왔다. 그리고 전화를 걸어 택시를 부르려고 했다. 한밤중이었다. 마지막 열차를 타려면 더는 조르바를 상대하고 있을 수 없었던 것이다. 하루쯤 굶는다고 죽는 일은 없으리라.

바로 그때였다. 쥐죽은 듯 고요해진 마을에 기괴한 소리가 울려 퍼졌다. 그것이 조르바 입에서 나오는 소리라는 것을 알기까지 제법 시간이 걸렸다. 아무튼 그 "웩" 하는 소리는 술 취한 사람이 토할 때 내는 소리 바로 그것이었다. 아니나 다를까 조르바가 너무 많이 먹은 것이다. 밥을 실컷 먹고 물까지 듬뿍 마셨기 때문에 순식간에 위가 부풀어 오르고 만 것이다. 나는 차가운 시선으로 조르바를 힐끗 보고는 도착한 택시를 타고 역으로 향했다. 그리고 속으로 '저 돼지 같은 놈' 하고 몇 번이고 욕을 해 댔다.

다음 날 저녁 아내보다 한발 앞서 집에 돌아와 보니 조르바는 기운차게 소리를 지르며 돌아다니고 있었다. 개집과 운동장은 발 디딜 곳이 없을 정도로 대소변으로 엉망이 되어 있었고, 조르바가 움직일 때마다 엄지손가락 머리쯤 되는 파리가 일제히 날아올랐다. 현기증이 나고 피로가 왈칵 몰려왔다. 더는 조르바를 보고 있을 수가 없어 서둘러 집 안으로 들어갔다. 하지만 곧 정신을 가다듬고는, 고무장화를 신고, 마루 솔과 물이 솟구치는 긴 호스를 가지고 마치 돌격 명령을 받은 병사처럼 개집 안으로 쳐들어갔다.

UFO를 발견한
구마

구마는 거실과 테라스 사이를 마음대로 다닐 수 있는 생활에 아주 만족하고 있었다. 얼마 안 있어서는 앞발로 유리문을 와삭와삭 긁으면 문을 열어 준다는 사실도 알아차렸다. 말하자면 구마는 우리가 옆에 있을 때는 늘 테라스에도 나갈 수 있고 거실로 돌아올 수도 있게 된 것이다. 구마는 잠이 많았다. 눈을 뜨고 있는 시간이 훨씬 짧고 노상 잠을 잤다. 때로는 자기 코고는 소리에 놀라 벌떡 일어나 주위를 두리번거리며 두세 번 짖기도 했다. 그런 차우차우의 태평하다고나 할까, 완전히 늘어진 성격이 좋았다. 한정된 인생이니 온 힘을 다해 열심히 살고 싶다는 마음 한편으로, 구마처럼 사는 것도 매력이 있으리라는 생각도 들었다.

구마는 테라스에 배를 깔고 엎드려 (뒷다리를 아무렇게나 뻗고서는) 세상을 멍하니 바라보며 지내기를 좋아했다. 몸에 비해 큰 머리가 무겁게 느껴지면 화단 벽돌에 턱을 얹고, 더 피곤해지면 기둥에 기대고, 훨씬 더 피곤해지면 완전히 드러누웠다. 사자 갈기와 아주 흡사한 목 주변의 더부룩한 털을 바람에 나부끼면서 아주 차분하게 있는 구마의 모습에서는 일종의 감동을 느끼게 하는 무언가가 있었다. 특히 보름밤에 보는 구마의 모습은 약간 범접하기 힘든, 개를 초월한 존재로 여기게까지 했다. 코를 골 때나 약간 멍한 성격은 그렇다 치더라도 말이다.

보름밤이 되면 구마는 언제까지고 테라스에 있었고 아무리 불러도 거실로는 돌아오지 않았다. 주인을 완전히 무시하고 뒷다리를 아무렇게나 뻗은 채 엎드려 보름달을 쳐다보는 것이다. 그것은 마치 뭔가 중요한 일을 기다리고 있는 듯한 태도였다. 달에서 올 사자(使者)를 기다리는 가구야히메(헤이안 시대의 일종의 나무꾼 이야기에 나오는 여주인공-옮긴이)처럼……. 그 정도는 아닌가

……. 그런데 구마는 그렇게 해서 UFO를 발견한 적이 있다. 그것이 구마의 유일한 공적이었다.

그 사건은 내가 호주 여행을 하던 중에 일어났다. 한밤에 테라스로 나가 있던 구마가 느닷없이 짖기 시작했다고 한다. 구마가 그렇게 심하게 짖는 경우는 드문 일이라, 아내는 침대에서 일어나 평소와 달리 긴장해서 테라스로 나갔다. 구마는 하늘을 올려다본 채로 계속 짖고 있었다. 거기에는 달보다도 커 보이는 둥근 발광체가 두둥실 떠 있었는데 소리도 없이 유유히 이동하고 있었다고 한다. 그것은 잡목림 뒤쪽을 지나 금세 다시 나타나서는 점점 가까이 다가왔다. 그때 아내가 자기도 모르게 기둥 뒤로 숨은 이유는 영화 〈미지와의 조우〉의 한 장면을 떠올렸기 때문이다. UFO에 접근한 경험이 있는 사람은 볕에 그을린 것처럼 피부가 검게 된다는 바로 그 장면이다.

하지만 그 기괴한 발광체는 더는 접근하려고 하지 않고, 곧 서쪽 방향 북알프스 쪽으로 사라졌다고 한다. 그 무렵 나는 동료 두 명과 호주의 사막을 배회하고 있었다. 어쩌면 UFO를 만나지는 않을까 내심 기대하고 있던 터였는데, 설마 우리 집 가까이에서 그것이 나타나리라고는 생각지도 못했다. 참으로 묘한 이야기였다. 귀국한 후 나는 참으로 아쉽다는 생각에 구마를 붙들고 이렇게 일러 주었다.

"잘 들어, 다음에는 내가 집에 있을 때 UFO를 발견하는 거야."

보름달이 바닷물에 강한 영향을 준다는 것은 예전부터 알려져 있지만, 동물에게도 이상한 힘을 미친다는 것은 최근에 들어서야 알게 된 사실이다. 달빛만 쐐도 인간이 늑대로 변신하는 정도는 아니더라도, 보름밤에 범죄가 많이 일어난다든지, 동기가 불분명한 자살이 늘어난다든지, 수술을 하면 피가 평소보다 심하게 흘러 좀처럼 멈추지 않는다든지 하는 것이 그 예다.

나는 이따금 이런 의심을 해 본다. 구마가 실은 테라스에서 내려갈 수 있는 것은 아닐까. 계단을 마음대로 오르락내리락하고 있는 것은 아닐까. 우리가 잠들기를 기다렸다가 살며시 계단을 내려가 마당으로 간다. 그다음 논길을 걸어 아주 먼 곳까지 산보를 한다. 그렇게 밤새 여기저기를 돌아다니다가 날이 밝기 전에 몰래 테라스로 돌아온다. 그러고는 아무 일 없었다는 듯이 모르는 체하고 있는 건지도 모른다고. 그래서 낮에 그렇게 크게 코를 골며 잠에 빠져 있는 거라고.

근처에서 털이 새까만 강아지가 태어났을 때 아내는 느닷없이 이런 말을 했다. "저거 분명히 구마 새끼예요." 구마에게 여기저기에 숨겨 놓은 자식이 있을지 모른다는 것이다. 그래서 나는 구마에게 물어보았다. "야, 바람둥이, 여기저기에 여자가 있

다는 게 정말이야?" 구마는 머리를 갸우뚱하더니 휙 하고 저쪽
으로 가 버렸다.

◇

덥석 아이 손을 문 조르바

◇

조르바를 데리고 가까운 강변으로 산보를 나갔을 때다. 바람 없는 좋은 날씨였다. 북알프스 산이 모두 보였다. 평소와 달리 발걸음이 가벼웠던 나는 불길한 예감 같은 것은 전혀 느끼지 않았다. 가는 길에 아는 집 아이가 따라왔다. 그 사내아이와 조르바는 이미 여러 번 그렇게 같이 걸은 적이 있다. 그래서 나는 그다지 주의를 기울이지 않았다. 개 줄을 단단히 쥐고 있었기 때문에 전혀 문제가 없으리라 생각했다. 실없이 달려들려고 할 때에나 줄을 확 끌어당기면 되는 것이다.

그런데 조르바는 무슨 생각을 했는지 난데없이, 정말로 난데없이 그 사내아이의 팔을 물었다. 내내 앞으로 향해 있던 얼굴을 쌩하니 옆으로 돌려서는 곧바로 덥석 문 것이다. 으르렁거리는 소리도 내지 않고, 공격 태세도 갖추지 않은 채 얌전하게 있던 아이를 기습했다. 믿을 수 없는 일이었지만 사실이었다. 나는 얼른 줄을 끌어당겨 조르바의 머리를 마구 때린 다음, 전봇대에 묶었다. 상처는 다행히 가벼웠지만, 아이는 피를 보고 놀라 큰 소리로 울었다. 내 책임이었다. 아이를 의사에게 데려가고 부모에게도 사죄했다. 부모는 나를 용서해 주었고 얼마 후 아이의 상처도 나았다.

하지만 나는 회복하기 힘들 정도의 충격을 받아 한동안은 조르바를 밖으로 데리고 나갈 수가 없었다. 물지 않으면 안 될 만한 사정이 있었다면 그렇게까지 충격을 받지는 않았을 것이다. 하지만 조르바는 아무런 이유도 없이, 마치 각성제 중독자가 무슨 짓을 저지르듯이, 알고 있던 아이를 덮쳤다.

본능이
드러나는 순간

친구에게서 들은 이야기가 떠올랐다. 오랫동안 기르던 아키타 견에게 느닷없이 물린 가여운 부인 이야기다. 먹이를 가지고 개집에 들어간 순간 아키타 견이 달려들어 전치 3개월의 중상을 입은 것이다. 이것과 아주 비슷한 이야기는 더 있다.

지인은 도베르만 강아지를 얻어 와서 소중히 길렀다. 그런데 그 개는 자라면서 이따금 탈출해 한동안 집에 돌아오지 않았다고 한다. 그 정도라면 그리 대수롭지 않은 일인데, 문제는 집에 돌아올 때마다 성질이 더 거칠어져 있더라는 것이다. 아마도 누군가가 괴롭혀 그렇게 되지 않았을까 하고 지인은 말했다.

오랜만에 돌아온 도베르만에게 그는 우유를 주려고 했다. 개는 아주 배가 고픈 상태였다. 그는 개에게 우유를 보여 준 후 좀 더 넓은 장소에서 먹이기 위해 그릇을 든 채로 등을 돌렸다. 그 때였다. 도베르만이 확 달려들어 주인의 온몸을 물어 버린 것이다. 주인은 수십 바늘이나 꿰매는 중상을 입었다.

아키타와 도베르만이 저지른 이런 비극에는 공통점이 있다. 그것은 바로 먹이를 주려던 직후에 일어난 일이라는 점이다. 먹이를 줄 때에는 자기 개라고 할지라도 아주 조심을 하지 않으면 안 된다. 본능이 드러나는 순간이기 때문이다. 먹이를 앞에 두면 곧바로 이성을 잃고 사나워지는 것은 사람과 다르지 않다.

개에게 먹이를 줄 때는 결코 우월한 체해서는 안 된다. 개 앞에 그릇을 놓았으면 일단 다 먹을 때까지 손을 대면 안 된다. 또한 대수롭게 여기지 않는 "기다려!" 같은 훈련도 함부로 시키지 않는 편이 좋다. 입장 바꿔 생각해 보면 좋을 것이다. 어지간히 너그러운 사람일지라도 화를 낼 법하니까.

어렸을 때 우리 형제는 밥때가 되면 죽기 살기로 덤볐다. 살벌한 저녁이 매일 계속되었다. 이런 건 식량난 시대의 이야기지, 요즘 아이들은 먹는 것에 그렇게 아등바등하지 않는 모양이다. 일단은 그다지 먹고 싶어 하지 않는다. 너무 지나치게 먹는 시대에 태어난 이 아이들은 먹는 것이라면 사족을 못 쓰는 그런 행동은 하지 않는다. 식욕에 지배를 당하는 인상은 거의 주지 않는다. 너무나 침착한 모습을 보여 어쩐지 기분이 나쁘다. 그들은 단것에 흥미를 보이지 않고, 어른이 좋아하는 짭짤한 음식에 손을 대고 싶어 한다. 슈퍼마켓에서 돌아온 아내가 이런 말을 했다. "깜짝 놀랐네. 요즘 애들은 엄마한테 과자 사 달라고 조르지 않고 평소에 어른들이 즐겨 먹을 만한 음식을 조르더라고요."

어렸을 때 친구들은 모두 배를 주리고 있어 먹는 것 이외의 것에는 욕심을 내는 일이 없었다. 말하자면 식욕을 채우기에 바빴지 장난감이나 책 등은 아무 상관이 없는 물건이었다. 놀이만 하더라도 빈 배를 달래려고 하는 측면이 있었다.

하지만 요즘 아이들은 다르다. 식욕이 채워지는 것은 당연하게 여기거니와, 식사를 할 때에 감사해 하거나 식사를 자기도 모르게 소리를 내지를 만큼 기분 좋은 일로 여기지도 않는 것 같다. 그들은 공복을 느끼기 전에 음식이 위로 들어가는 시대에 살고 있다. 그런 날들이 영원히 계속되리라 믿고 있다. 그래서 그들의 욕망은 애석하게도 물욕에서 시작된다. 식욕은 저절로 한계가 그어지는 데 반해(아무리 부자라도 위는 하나니까) 물욕은 끝이 없는 것이다.

그 결과, 부모에게서 받는 물품의 양으로 부모의 애정을 재는 아이가 늘었다. 물품을 많이 줄수록 아이를 더 많이 사랑하는 것이라고 믿는 부모도 늘었다. 그래서 부모 자식 간의 관계가 점점 타산적으로 되었다. 결국 부모도 자식도 각자 자신의 일만, 자신의 행복만 바라는 그런 작은 인간이 되고 말았다.

어렸을 때 우리는 자기 집 경제 사정 정도는 알고 있었다. 구체적인 연 수입이나 월수입은 몰라도 부모님이 사 줄 수 있는 물건인지 아닌지는 확실히 구별할 수 있었다. 그래서 아무리 갖고 싶어도 입 밖으로 내지 않았다. 사 주겠다고 약속했는데 사 주지 않았을 때에도 그다지 화를 내지 않았다. 그 정도의 일로 부모의 애정을 의심하지는 않았다.

아무래도 요즘 아이들은 그런 감각이 잘못되어 있다. 우리 집 경제가 어찌 되었든 간에 무조건 갖고 싶어 한다. 살림이 힘들어지더라도 내 알 바 아니라는 식이다. 부모에게서 돈을 우려내기 위한 연극이 날로 실력을 더해, 풀이 죽어 있는 척하거나 우는 짓을 천연덕스럽게 한다. 게다가 스무 살이 넘었는데도 부모에게서 떨어지지 않는다. 찰싹 들러붙어 정말이지 사이좋은 부모 자식처럼 보이지만, 실은 서로의 의중을 떠보면서 미리 손익을 꼼꼼히 계산하고 있는 것이다.

도베르만에게 물린 지인의 분노는 폭발했다. 주인에게 달려들어 무는 개는 용서할 수 없다. 주인에게 덤벼들 정도라면 다른 사람들에게는 훨씬 더 못된 짓을 할지도 모른다고 그는 생각했다. 하지만 내 입장에서 보면 그는 두 가지를 잘못했다. 먹이를 주는 방법이 우선 그 하나. 다른 하나는 도베르만에 대한 인식 부족이다. 주인을 세 번 이상 물지 않는 도베르만은 도베르만이 아니라는 유명한 말을 몰랐단 말인가. 도베르만이라는 견종이 단기간에 어떤 목적으로 만들어졌는지를 조사하면 금방 알 수 있는데도 공부를 게을리했다. 도베르만은 셰퍼드의 공격 능력에 불만을 품고 만든 견종이기 때문에 기를 때에는 각오를 하지 않으면 안 된다. 그런데 지인은 보통 개로 생각하고 길러 실패한 것이다.

그 도베르만은 처분될 처지에 놓였다. 지인은 보건소에 부탁했다. 보건소에서는 "사모님이 약사 자격증을 갖고 있으니 두 분이 알아서 해 주십시오"라며 독약을 주었다. 그는 그것을 먹이에 섞어 도베르만에게 먹였다. 하지만 곧바로 죽지는 않고 숨을 거두기까지 제법 시간이 걸렸다고 한다.

도무지
알 수 없는 이유

조르바는 왜 가만히 있는 아이에게 달려들어 물었을까. 나는 진지하게 생각했다. 조르바에게 어떤 불만이 있었던 걸까. 배불리 먹여 주고 운동장이 딸린 커다란 개집에 살게 하고 산보도 충분히 시켜 주는데, 아직도 뭔가가 부족한 것일까. 혹시 야생의 피가 끓어오른다거나 전쟁 본능이 꿈틀댄다거나 하는 욕구가 있었던 것일까. 바롱이라는 전쟁 연습 상대가 없어지고 나서 특히 애가 탔을 것이다. 치고받고 싸울 수 없게 돼 화가 치밀어 올랐을 것이다. 폭력적인 에너지가 어느새 축적되어 마침내 그런 형태로 분출됐는지도 모른다.

아니면 성적인 불만과 직결되어 분노가 증폭된 것일까. 암캐를 가까이하게 한 적이 한번도 없었기 때문이다. 이런 일이 있었다. 동네에서 세인트버나드를 기르고 있는 집의 종업원이 어느 날 불쑥 우리 집을 찾아왔다. 나에게 약 1.8리터짜리 술을 들이밀다시피 하더니 "우리 개하고 붙여 주시죠"라는 것이다. 그러고 보니 암컷 세인트버나드가 차에 실려 있었다. 아주 거슬렸다. 그 무례한 말투와 태도 어느 하나도 마음에 들지 않았다. 원래 이런 시골에서는 드문 일이 아니다. 비굴한 똘마니들이 굽실굽실 떠받드는 것에 우쭐해 하는 유력자(그렇다고는 하지만 언제 파산할지 모를 쩨쩨한 재산가다)와 그 유력자를 따라 하는 똘마니들. 누구에게든 그런 식의 방법이 통하리라 생각하는 이런 바보들은 얼마든지 있다. 나는 술을 되밀며 "사양합니다"고 말하고 돌려보냈다.

조르바는 다른 이유로 아이를 물었을지 모른다. 부자연스럽고 무리한 교배를 거듭했기 때문은 아닐까. 개의 겉모습만 따졌지 그 개의 성질 등은 전혀 고려하지 않은 교배를 계속한 결과, 발작적으로 무슨 짓을 할지 모르는 개가 이 세상에 태어났다고 하면 이것은 심각한 일이다.

모양만 좋으면 모든 것이 좋다는 풍조는 어쩌면 현대인의 가치관을 상징하고 있는지도 모른다. 지금은, 모양만 갖추고 있으면 내용 따위는 상관없다는 식의, 가볍고 깊이도 없는 시대인 것이다. 겉모습이 내용을 훤히 보이게 하는 경우도 없지는 않다. 예를 들면 피하지방의 두께가 그렇다. 뒤룩뒤룩 살이 찐 남자는 입으로 아무리 근사한 말을 해도 하는 짓은 그렇지 않다. 살찐 것이 몸에 좋지 않다는 것을 알면서도 폭음, 폭식을 그만둘 수 없는 것은 의지력이 부족하다는 명백한 증거다. 의지가 약한 데다가 욕망만 보통 사람의 배로 강하다. 또한 이런 사람은 소심하기 때문에 결정적인, 가장 중요한 시점에서는 믿거나 상대해서는 안 된다.

나는 조르바를 말똥말똥 쳐다보았다. 하지만 어떻게 해야 좋을지 알 수 없었다. 개라는 동물을 믿을 수 없게 되고 말았다. 두 번 다시 아이에게 다가가지 못하도록 하는 것은 가능했지만 그 전에 문제가 하나 있다. 다른 사람을 문 이상 "죄송합니다, 개가 한 일이라서"로는 넘길 수가 없다. 사과해서 끝날 일이 아니다. 그렇다고 해서 지인의 도베르만과 같은 운명을 걸게 할 정도는 아니다. 물린 아이의 눈에 두 번 다시 띄지 않도록 멀리 보내는 것으로 조르바를 처리하려고 했다. 말하자면 받아 줄 사람이 있으면 줘 버리겠다는 결론에 달한 것이다.

여기저기에 조르바 이야기를 하자 곧바로 반응이 있었다. 가장 먼저, 스키장 근처에서 산장을 운영하는 젊은 남자에게서 연락이 왔다. 조르바를 꼭 기르고 싶다고 했다. 그는 부친과 우리 집을 찾아왔다. 나는 무엇보다도 충고를 먼저 했다. 느닷없이 무는 일이 있으니 충분히 주의해서 키우지 않으면 안 된다고. 먹는 양이 엄청난 것에 대해서도 확실히 일러 주었다. 두 사람은 "네, 알겠습니다"고 했다. 개를 좋아하는 부자였다.

하긴 스위스 산악 견이니, 눈이 많은 지역에서 생활하는 것이 조르바에게 적합할 터였다. 산장에서 자라는 편이 행복할지도 몰랐다. "소중하게 키우겠습니다." 두 사람은 말했다.

그날은 기분 좋은 얼굴을 하고 돌아갔다. 개집을 만들고 나서 데리러 올 참이었다. 그런데 다음 날, 그들은 여자 한 명을 이끌고 다시 우리 집으로 왔다. 생각을 그렇게 해서 그런지 아버지도 아들도 절절매고 있었다. 여자는 부친 입장에서는 아내에 해당하고, 아들에게는 모친에 해당했다. 내게는 전혀 아름다운 느낌을 주는 사람이 아니었다.

여자가 나를 힐끗 쏘아보았다. 그런 다음 남편과 아들을 바라보며 이렇게 잘라 말했다.

"안 돼요, 이렇게 큰 개는."

명령적이면서 차갑고도 단호한 말투였다. 여자의 그 한마디로 모든 것이 결정되었다. 남편도 아들도 반론은 하지 않았다. 그들은 고개를 숙이고 아무 말이 없었다. 여자는 다시금 나를 힐끗 보고는 "그럼, 가겠습니다" 하며 덩치 큰 두 남자를 재촉했다.

세 사람이 가고 난 후 나는 혼잣말로 투덜투덜했다. "뭐, 저런 여자가 다 있어. 저 거들먹거리는 태도는 뭐야. 여자면 여자고, 남자면 남자지. 사내 주제에 칠칠치 못하기는. 어떻게 저런 여자한테 벌벌 길 수가 있지?!" 요즘 남자들이란 전부가 이런 꼴이다. 여자가 큰소리를 치면 말대꾸 한번 하지 못하는 사내가 유난히 많다. 마누라가 나를 먹여 살려 주는 것도 아니고, 도리어 열심히 일해서 꼬박꼬박 월급을 집에 바치고 있는데, 게다가 내가 남도 아닌데 왜 마누라 눈치만 살피면서 전전긍긍하는 것일까.

남자가 여자를 따끔하게 혼낼 줄 모르는 것은 착해서가 아니라 교활하기 때문이다. 뒷전에서 소곤소곤 뭔가 험담을 하기 때문에 마누라 앞에서는 그저 굽실굽실한다. 마누라 궁둥이에 깔려 희희거리는 것은 응석받이형 남자다. 그들은 정신적으로는 남자보다 오히려 여자에 가까운 유형으로, 건전한 남자의 척도로는 잴 수 없는 자들이다. 그들은 강한 여자에게서 명령을 받고 끌려다니면서 사는 것에 만족한다. 이는 곧 남자임을 포기해 버린 것이다. 남자라고 딱 선을 긋고 살기에는 너무나도 약하고 교활한 성격이어서 뻔뻔스럽게도 강해 보이는 여자에게 의지한다.

사자 수컷은 하루 종일 대부분 아무것도 하지 않으면서 빈둥거린다. 멋진 갈기를 바람에 휘날리며 거드름을 피우는 정도다. 사냥이고 새끼 기르고 전부 암컷 사자가 한다. 기둥서방이나 마찬가지다. 어떤 학자가 이런 생각을 했다. 수컷 사자는 교미할 때만 존재 가치가 있는 것은 아닐까. 그래서 그는 독특한 실험을 시도했다. 한 사자 무리에서 수컷을 쏙 빼고 암컷과 새끼만 남겨 둔 것이다. 처음에는 그의 예상대로였다. 수컷이 없어도 사자들은 평소처럼 문제없이 살았다. 하지만 그리 오래가지는 않았다. 시간이 지나면서 암컷 사자들이 침착성을 잃어 가 분쟁이 끊이지 않았고, 다른 사자 무리로부터 끊임없이 괴롭힘도 당했다. 마지막에는 팀워크는 물론 무리의 질서마저 깨져 먹이를 구할 수 없는 지경에까지 몰렸다고 한다. 사자 수컷과 얼간이 남자를 같이 취급할 생각은 없다. 칠칠치 못한 사내가 불쑥 가출을 하더라도, 남겨진 여자와 아이는 그다지 영향을 받지 않을 것이고, 아마도 훨씬 더 잘해 나가지 않을까.

그 다음에는 젊은 자동차 판매원이 왔다. 그도 세인트버나드를 기르고 싶다고 했다. 농가의 장남. 그의 경우는 거의 문제가 없으리라 생각했다. 그래서 집까지 가서 개집 만드는 일을 도와주었다. 모든 일이 척척 진행되었다. 조르바는 그 집으로 옮겨 간 그날로 그쪽 가족과 친해지고 먹이도 왕창 먹었다고 한다.

하지만 이틀 뒤 그 판매원이 와서는 "기를 수 없게 되어 돌려드리겠습니다"고 했다. 그의 어머니가 반대했기 때문이다. 처음에는 길러도 좋다고 했는데 돌연 "안 돼. 돌려주거라"고 했다는 것이다. 나는 화를 내며 호통을 쳤다. "뭐야, 뭐, 그 꼴이. 어엿한 사내자식이 엄마 하라는 대로 일일이 움직인단 말이야?!" 하지만 어떻게 할 수가 없었다. 그는 "죄송합니다"는 말만 되풀이할 뿐이었다.

조르바를 넘겨받아 다시 원래의 개집에 넣었다. 조르바는 그다지 기뻐하지도 않고 평소처럼 먹고, 산보하고, 잠을 잤다. 며칠인가 지나자 내 기분이 조금 바뀌어 갔다. 아이를 문 것은 분명하지만, 그렇다고 해서 다른 집에 꼭 맡겨야 하는 것은 아니지 않을까. 하지만 조르바를 알아본 그 아이가 도망치려고 집으로 뛰어들어 가는 것을 보았을 때, 역시 우리 집에서 키우지 않는 편이 좋겠다고 생각했다.

텅 빈 개집

결국 조르바는 민박을 운영하는 이웃 마을 농가로 넘겨졌다. 더할 나위 없는 환경이었다. 앞마당에 있는 커다란 나무 밑에 으리으리한 개집이 만들어졌다. 개집은 이중 나무 울타리로 둘러싸여 아이들이 가까이 오더라도 건드릴 수 없었다. 조르바가 가장 기뻐한 것은 넓은 운동장이 딸린 개집도, 철철 넘치는 먹이도 아닌, 사람의 기색을 언제나 곁에서 느낄 수 있었다는 점 아닐까. 앞마당은 이웃 사람들이 모이는 장소였고, 아이들이 노는 곳이었다.

한 달 정도 지나 우리는 조르바를 만나러 갔다. 아이들은 학교에 가 있고 어른들은 밭에 나가 있어 그곳에는 아무도 없었다. 조르바는 시원한 바람이 부는 나무 아래에서 엎드려 있었는데 우리를 알아보고는 벌떡 일어나 다가왔다. "둔하기는. 이제 겨우 알아본 거야?" 나는 말했다. 하지만 우리의 착각이었다. 조르바는 낮은 소리로 으르렁거리다 이빨을 드러내는가 싶더니 급기야 무서운 기세로 짖었다. "나야, 나!"라고 해도 조르바는 끝까지 우리를 남처럼 취급했다. 우리는 반은 실망했지만 반은 안심이 되었다. 새로운 환경에 익숙해졌다는 증거였다. 돌아오는 길에 나는 이렇게 의심해 보았다. 어쩌면 조르바는 알고서 짖었을지도 모른다. 말하자면 변덕스러운 원래 주인에게 복수를 한 것은 아닐까. 실은 우리가 누군지 알고 있으면서 일부러 모르는 척한 것은 아닐까, 라고.

이듬해에 다시 한번 만나러 갔을 때에 개집은 텅 비어 있었다. 산보라도 갔으리라 생각했다. 오랜 후에야 이미 그때 조르바가 죽고 없었다는 사실을 듣게 되었다. 사인은 사상충일 것이라고 했다.

나는 장고가 싫었다

한 가지 중요한 사실을 빠뜨리고 말았다. 주의가 부족했다고 밖에 할 수 없는 실수다. 아프간하운드인 바롱을 남의 집에 주고 나서 우리는 아이리시 울프하운드라는 초대형견을 키운 것이다. 왜 그 사실을 잊고 있었을까. 아이리시 울프하운드는 체중은 세인트버나드에 지지만 키는 앞서, 아이리시 울프하운드야말로 세계에서 가장 큰 개라고 주장하는 사람도 결코 적지 않다. 그런 특징이 있는 개를 어째서 지금껏 떠올리지 못했을까. 지금까지 너무 많은 개를 길러 기억이 뒤죽박죽되어 뭐가 뭔지 알 수 없게 되고 만 것일까. 아니면 몸만 컸지 웬지 존재감이 거의 없는 개였기 때문일까. '장고'라고 이름 붙인 그 개에게는 마지막까지도 정이 가지 않았던 것은 분명하다.

마라톤 선수 같았던
장고

아이리시 울프하운드를 길러 보기로 마음먹은 것은 거대하다는
점 외에, 사람의 아기를 지킬 정도로 성질이 순하고 기르기 쉽
다고 책에 쓰여 있었기 때문이다. 장고는 강아지 때 기묘한 병
에 걸렸다. 잘 알 수 없지만 칼슘 부족이 원인이었던 건지도 모
른다. 아니면 수의사가 주사를 이상한 곳에 놓아 신경이 마비되
었던 걸까. 병은 나았지만 후유증이 남았다. 걷거나 달릴 때는
아무렇지 않은데, 가만히 있을 때에는 한쪽 앞발을 떨면서 사람
의 딸꾹질과 비슷한 소리를 냈다. 고통은 없어 보였지만, 계속
그것을 보아야 하는 우리는 애가 탔다. 몇 번을 야단쳤는지 모
른다. "다리 좀 그만 떨어, 복 나간다."

생각해 보면 장고는 종잡을 수 없는 이상한 개였다. 몸에 비
해 작은 머리로 도대체 무슨 생각을 하고 있는지 전혀 알 수 없
었다. 어쩌면 아무것도 생각하지 않았는지 모른다. 세인트버
나드처럼 폭력적인 성향은 전혀 느낄 수 없었다. 프로레슬러
에 비유하면, 세인트버나드는 어딘가 화려한 악역을 맡는 부처
(Abdullah the Butcher, 캐나다 출신)를 꼭 닮았고, 아이리시 울프하운
드는 자이언트 바바(일본 출신)를 방불케 했다. 분명 몸집이 큰데

도 왠지 허약해 보여(아마 가슴둘레에 비해 팔이 너무 가늘어서일 것이다) 거인 특유의 비애가 강하게 전해 오는 자이언트 바바. 그를 TV에서 볼 때마다 나는 장고를 떠올리고 만다.

장고는 대륙적인 성격의 소유자였다. 대범하고, 느긋하며, 게다가 한없이 밝은 낙천가. 간단히 말하면 바보에 가깝다. 너무 긴 사지가 뒤엉켜 넘어지는 것을 볼 때는 진짜 바보일지도 모른다고 생각했다. 장고는 주위 변화에 거의 반응을 보이지 않았다. 바로 옆을 다른 사람이 지나가도, 고양이가 가로질러 가도 모른 척. 배가 고프거나 산보를 시켜 줬으면 할 때만 지나치게 큰 소리로 짖었다.

그렇지만 장고가 온 힘을 다해 달릴 때의 모습이란 참으로 대단한 것이었다. 장고는 내가 운전하는 지프 뒤를 '가볍게' 따라올 정도로 빠르고, 적어도 내가 달리는 것보다는 더 오래 계속 달릴 수 있었다. 마치 달리기 위해 태어난 것 같은, 마라톤 선수 같은 개였다. 달리고 있을 때의 장고는 아름답고 감동적이기까지 했지만 달리지 않을 때의 장고는 보기가 흉했다. 그것은 내가 알고 있는 전직 프로 오토바이 선수와 아주 흡사했다. 오프로드 바이크에 올라타 거친 경사면을 오르는 것에 도전하고 있을 때의 그는, 전신이 용기와 반사 신경으로 똘똘 뭉쳐진 사람으로 보였고, 그때의 엄한 표정은 지적이고 철학적이기까지 했다. 그런데 오토바이를 떠났을 때의 그는, 이 사람이 같은 사람인가 의심이 갈 정도로, 차마 보고 있을 수 없는 엉터리 같은 사내였다.

　그 무렵 나는 대인관계를 이런 식으로 생각하고 있었다. 내 스스로가 완벽한 인간이 아닌 이상, 친구와 지인에게 많은 것을 바라서는 안 된다. 하나라도 남보다 뛰어난 것이 있으면 충분하고, 그 나머지는 아무리 어설퍼도 상관없다. 그래서 종합적으로 균형을 이루고 있고 너무 점잔 빼는 유형의 사내와는 그다지 친하게 어울리지 않았다.

　그런 주제에 개에 대해서는 이러니저러니 제멋대로 느낌을 갖다 붙여, 마음에 들지 않으면 이내 내쫓아 버린다. 그렇다. 지금 확실히 생각이 났다. 세인트버나드인 조르바는, 장고가 우리 집에 오고 나서 곧바로 남의 집으로 보내졌다. 하긴 개 입장에서는 미움 받으면서 사는 것보다는 나가는 편이 훨씬 나았으리라.

포기가 빠른
야박한 주인

나는 아무리 해도 장고가 좋아지질 않았다. 멋있고 빨리 달릴 수 있다는 것만으로는 소용이 없었다. 장고에 대해 쓰는 것을 까먹고 있었던 것은 아마 싫어했기 때문일 것이다. 아내는 조르바보다 다루기 쉽다는 점에서 장고를 마음에 들어 한 것 같지만 나는 아무래도 조르바 쪽이 더 좋았다. 장고의 멍청한 부분이 싫었다. 보고 있기만 해도 공연히 짜증이 났다. 그래서 장고를 기르고 싶다는 사람이 나타나자마자 그날로 줘 버리고 말았다.

다른 개를 보낼 때는 다소나마 마음이 아팠는데, 장고 때는 아무렇지도 않았다. 속이 시원했다. 그래서 다음 날 장고가 되돌아오자 화가 치밀어 오른 것이다. 이런 바보 같은 개의 얼굴을 또 보면서 살아야 하는가 생각하자 진절머리가 났다. 장고가 되돌아온 이유는 그 집에서도 여자가 아주 반대를 했기 때문이다. 하지만 장고는 얼마 뒤 그 집에 다시 가게 된다.

돌아온 장고는 맨 먼저 아내에게 달려가 안겼다. 앞발을 아내의 두 어깨에 걸치고 좋아했다. 이어서 구마에게 다가가 열심히 꼬리를 흔들었다. 어두운 성격인 구마는 테라스라는 자기만의 생활공간을 침해당했다고 여겼는지 미친 듯이 성질을 부리다 급기야 장고에게 달려들어 물었다. 물릴 때마다 장고는 비명을 질렀지만, 그래도 꼬리 흔드는 것을 멈추지 않으면서 언제까지고 구마 곁에 있으려 했다. 그런 장고가 나한테만은 인사를 하지 않았다. 나를 무시하고 개집으로 들어갔다. 장고도 나를 싫어하는 게 분명했다. 포기를 너무 빨리하는 나를 야박한 주인이라고 생각했을 것이다.

장고를 다시 데리러 온 남자에게 나는 몇 번이고 확인을 했다. "다시 돌려보내면 곤란합니다." 그는 "이번에는 괜찮습니다. 아내도 찬성해 주었으니까요" 하고는 장고를 데리고 갔다. 장고는 잽싸게 자동차에 올라타서는 내 얼굴은 거들떠보지도 않고 사라져 갔다. 장고에게 그곳은 아주 훌륭한 환경이었다. 강과 산을 끼고 있는 집 안에는 솔숲이 있는 넓은 마당이 있고, 몸을 씻을 수 있는 온천물이 있었으며, 먹이도 충분했다. 무엇보다도 그곳이 회사의 휴양소였기 때문에 새로운 주인은 장고를 위해 멋진 개집까지 만들어 주었다. 개집에 모기를 막을 수 있는 망을 쳐 놓았고, 여름에는 시원하게, 겨울에는 따뜻하게 해 주었다. 자주 산보도 시켜 주니 더할 나위 없었다. 장고에게 그것은 분명 행복한 나날이었을 것이다.

이 주인에게서 이런 이야기를 들었다. 장고를 산에 데리고 가면 풀어 놓았다고 한다. 그렇게 하지 않으면 산길에서는 디딜 곳이 많지 않아 자칫하면 장고에게 질질 끌려 가 넘어져 버리기 때문이다. 장고는 마음대로 산속을 뛰어다니다 바로 주인이 있는 곳으로 돌아온다고 했다. 편리한 방법인 것은 틀림없지만 의문이 없는 것은 아니다. 위험하다. 아무리 산속이라고 하더라도 사람이 전혀 없는 것은 아니다. 산나물을 캐는 사람이나 사냥꾼이 깊이 들어와 있을 수도 있다.

보통 개라면 몰라도 상대는 엄청나게 큰 아이리시 울프하운드인 것이다. 장고를 처음 본 사람이 자기도 모르게 내뱉는 말에는 두 종류가 있다. "앗, 늑대다!"가 하나. 주로 어린애들이다. 털 색깔이 늑대를 연상시키기 때문이다. "앗, 영양이다!"가 다른 하나. 그 지역 어른들, 특히 노인들은 영양에 대해 잘 알고 있으면서도 "똑같네"라고 한다. 나는 늑대도 영양도 닮지 않았다고 생각한다. 굳이 닮은 것을 찾자면, 꾀죄죄한 염소일 것이다.

하지만 산속에서 딱 맞닥뜨린다면 모를 일이다. 늑대라고까지는 생각하지 않더라도 영양 정도로는 생각할지 모른다. 사람의 눈이란 제멋대로인 것이다. 욕심이 끼어들기라도 하면 더욱 그렇다. 밀렵 전문 사냥꾼이 장고를 발견한다면 아마 주저 없이 방아쇠를 당길 것이다. 그렇지 않아도 일본의 사냥꾼은 교활하기 때문에. 땅이 좁아 사냥감 수는 적은데, 사냥꾼 숫자는 늘고 있다. 꿩 한 마리를 향해 열 자루나 되는 총이 일제히 불을 뿜는 일도 흔하다. 결국 모든 사냥꾼이 욕구 불만에 빠져, 슬쩍 움직이는 것만 발견해도 확인도 하지 않고 발포하고 만다. 그런데 쓰러진 것은 사람. 동료 사냥꾼이거나 산나물 캐는 노인이다. "사냥개가 정확하게 지시를 해 주었기 때문에 안심하고 쐈다"고 변명해도 늦다. 개도 상대를 잘못 보는 일이 곧잘 있다고 한다.

어느 날 산으로 들어간 장고가 아무리 시간이 지나도 돌아오지 않았다. 주인은 저녁까지 기다렸지만 장고의 집은 텅 빈 채였다. 그는 걱정이 되어 마중을 나갔다. 이름을 부르면서 여기저기를 찾아다녔다. "장고, 장고!"라고 부르는 그를 만약 다른 사람이 봤다면 어떻게 생각했을까. 그것이 백구나 황구라면 누구나 사정을 알아차렸을 것이다. 저 사람은 개를 찾고 있구나, 라고. 하지만 "장고"로는 알 수 없을 것이다. 홋카이도 견에게 오호츠크라는 이름을 붙여 기르던 남자가 있었는데, 그가 그 애견을 큰 소리로 부를 때면 모두 이렇게 말하면서 놀렸다. "어, 겨울인데 매미가 울고 있네." 사람들 귀에는 그 소리가 마치 매미 울음소리인 "오호츠크, 오호츠크"로 들렸기 때문이다.

주인은 한참이나 찾아다닌 끝에 겨우 장고를 발견했다. 쓰러진 장고를 보았을 때 그는 최악의 사태를 상상했다. 죽은 줄 알았다. 그는 사색이 되어 달려갔다. 장고는 살아 있었고, 엄청나게 코를 골며 자고 있었다. 주변에서는 독한 술 냄새가 났다. 살펴보니 그 잡목림 속에는 오래된 술지게미가 잔뜩 버려져 있었다. 장고는 산보 도중 그것을 발견하고, 배가 터지도록 먹어 고주망태가 된 것이다.

못난 사내들

무슨 일이든 그다지 깊게 생각하지 않고 그날그날 기분에 따라 제멋대로 생활하는 사내 몇을 알고 있다. 이런 시대라, 그런 유형의 사내가 늘어나고 있는 것일까. 막대한 빚을 짊어지고, 변변찮은 여자에게 코가 꿰이고, 처자에게는 바보 취급을 당하고, 종업원이며 친구에게까지 버림을 받고, 지금 당장이라도 모든 것이 끝나 버릴 상황에 몰려 있는데도 그는 이불에 들어가자마자 코를 골며 잔다. 아침까지 푹 잔다. 빚 때문에 폭력배에게 엄청 시달리고, 회사 경영 문제로 부하에게 압력을 받고, 애인 문제로 아내에게 온갖 욕을 먹어도, 그 순간만 얼굴을 못 들 뿐이다. 그다음 곧바로 이전의 자신으로 돌아가, 배가 고프면 밥을 먹고, 술을 마시고, 노래방에서 노래하고, 괜찮은 여자를 발견하면 따라가고 만다. 자연스럽다고 하면 자연스러운, 왕성하다고 하면 왕성한, 인간적이라고 하면 인간적인 생활 방식일지도 모르지만 그런 엉터리 같은 짓을 언제까지고 계속할 수 있다는 보장은 없다. 언젠가는 파탄 나고 붕괴되고 만다. 하지만 이런 유형의 남자는 그렇게 될 때까지도 모른다. 충고를 해도 "알고 있어"만 반복할 뿐이고, 그 이상 말하면 "그렇게 보여도 나도 애쓰고 있어"라는 식으로 변명하고, 더 몰아붙이면 울면서 넘어가려고 한다. 사내 주제에 아무렇지도 않게 눈물을 흘린다. 울면서 "지금부터 마음을 고쳐먹고 다시 할게"라고 약속하지만 사흘 뒤에는 벌써 여자 꽁무니나 쫓아다니고 있다. 양자택일을 해야 할 중대한 문제에 부딪히면, 도망칠 수 있는 일이 아닌데도 도망치려고 한다. 자신 이외에 이 세상에서 결단을 내릴 수 있는 사람이 없다는 사실을 알면서도, 이유도 없이 연기를 한다. 그런 주제에 골프 시합이나 여행이라도 가게 되면 기운이 넘쳐 발 빠르게 움직인다. 그가 당당하게 내세우는 변명은 이렇다. "세상이란 게 간단하게 답을 내릴 수 있을 정도로 그렇게 단순하지가 않아. 훨씬 더 복잡하고 미묘하다니까." 이 세상을 그렇게 보이게 하는 것이 자신이라는 점은 깨닫지 못하는 것 같다. 자신이 소심하고 교활해서 제대로 된 답을 내리지 못할 따름인 것이다. 그래서 나는 결국 이렇게 말해 주었다. "너는 비겁한 것밖에 모르는 놈이야."

한 지인도 그랬다. 그에게는 남자로서의 체면도 없을뿐더러 책임감도 없었다. 그런 주제에 어른이랍시고 결혼을 해서 가정을 꾸리고 아이를 셋이나 만들었다. 하지만 그는 그 이상의 일은 하지 않았다. 가정에서 일어나는 아주 작은 분쟁조차 해결하려고 하지 않고, 귀찮은 사건에 휘말릴 것 같으면 곧장 달아나고, 다른 사람을 위해 힘을 쓰는 일은 절대로 하지 않고, 보잘것없는 욕망만 충실히 좇고, 뒷전에서 뭐라고 소곤소곤하는 것을 좋아했다. 이런 작자가 몇십 년이고 그럭저럭 살아올 수 있었던 것은 공무원이라는 안정된 직업을 가지고 있고, 처자식이 딱 부러지게 하고 있었기 때문이다. 나는 그에게 말해 주었다. "너 같은 녀석을 볼 때마다 나는 화가 나." 그는 실실 웃으면서 "그런 소리 하지 마, 나는 원래 타고난 성격이 이래"라고만 할 뿐이었다.

이런 유유자적하는 남자들 중에는 어찌된 일인지 문학을 좋아하는 사람이 많다. 그들은 문학 속에서 자신보다 훨씬 더 칠칠치 못한 사내를 발견함으로써 마음을 달래는 것일까. 우리 집을 찾아오는 순수문학 잡지 편집자 대부분은 술에 취하면 나에게 이런 말을 하며 시비를 건다. "소설가치고 너무 지나치게 끊고 맺고 하는 거 아닙니까? 예술에 손을 대는 사람이니까 좀 더 자유분방하게 살아도 괜찮지 않나요?" 그것이 어떤 뜻인가 하면, 결국 여자를 만들고, 술을 뒤집어쓸 정도로 마시고, 도박에 미치고, 주위 사람에게 폐를 끼치고, 추락할 데까지 추락해도 여전히 제멋대로인, 유아적인, 어리광 넘치는 생활을 그만두려 하지 않는 남자가 되라는 말이다. 그런 인간쓰레기가 되라는 말이다.

그들은 아마도 자신들은 하고 싶어도 할 수 없는 생활을 내가 하도록 만들어 내가 발버둥 치며 괴로워하는 것을 곁에서 바라보면서 변태적인 쾌감을 느끼고 그것을 다른 사람과 나누어 가질 속셈일 것이다. 교활한 작자들이다. 그런 생활을 실행으로 옮기면 사회적으로 매장돼 버린다는 것을 잘 알고 있기 때문에 스스로는 하지 않는 것이다. 그들에게 '자연스러운 삶', '인간다운 삶'이란 아무래도 본능에 지배를 당하는 삶인 것 같다. 식욕, 성욕, 물욕 등에 복종하는 것 말이다. 그런 삶이라면 굳이 사람이 아니더라도 살 수 있다. 개도 그렇게 살고 있고, 도마뱀도 그렇게 하고 있다.

개보다 열등하다고 생각할 수밖에 없는 인간이 세상에는 얼마든지 있다. 건강을 해친다는 사실을 너무나 잘 알고 있으면서도 담배를 피우고, 술을 마시고, 폭식을 하고, 잠잘 시간까지 아껴 가며 놀고, "어차피 짧은 인생이다. 하고 싶은 일 하다가 죽고 싶다"느니 뭐니 중얼거리면서 방종한 쪽으로 굴러들어 가는 것이다. 인간만이 가지고 있는 갖가지 훌륭한 능력을 하나도 발휘하지 않고서, 하면 할 수 있는데도 "나는 쓸모없는 남자다"고 믿어 의심치 않고, "인간이란 어차피 약한 존재다"고 도를 깨친 것처럼 말하고, 결국에는 아무것도 하지 않은 채 가치 없는 일생을 보내고 마는 사람이 적지 않다.

물론 시대나 환경 때문에 힘을 발휘할 수 없을 때도 있다. 아이리시 울프하운드인 장고도 평소에는 제멋대로 하루하루를 보내지만, 늑대를 상대하게 하면 눈이 휘둥그레질 대활약을 할 게 분명하고, 그것은 상상 이상으로 감동적인 모습일 것이다. 하지만 유감스럽게도 지금은 그런 시대가 아니다. 일본에는 개가 뒤쫓을 만한 늑대 따위가 한 마리도 남아 있지 않기 때문이다. 따라서 장고로서는 잡목림에 버려진 오래된 술지게미나 배부르게 먹고 몸을 가누지 못할 정도로 취하는 수밖에 달리 할 일이 없었을지 모른다. 꿈에서나 늑대를 뒤쫓는, 불행한 나날을 보내고 있었을지도 모른다.

활약할 무대를 모두 잃고 만 장고처럼 이곳 일본에서 남자는 더는 능력 따위를 발휘할 필요가 없게 된 것일까. 남자다운 남자는 지금의 일본에서는 부정적인 조건인 것일까. 여자에 가까운 남자나 남자임을 포기한 남자가 아니면 세상을 헤쳐 나갈 수 없는 것일까.

그 여름의 추억

몇 년인가 지나 장고는 죽었다. 잠자듯이 조용히 숨을 거두었다고 한다. 울프하운드의 특질은 한번도 발휘하지 못한 채 그 짧은 생을 마감했다. 어떤 면에서 보면 장고는 요즘 남자들을 상징하고 있는 것 같다는 생각을 금할 수 없다. 내가 장고를 싫어한 것은 그 때문이었을지 모른다. 장고를 볼 때마다 나 자신의 모습이 선명히 보였기 때문은 아니었을까. 젊은 남자라면 한 사람도 남김없이 도베르만 같은 행위를 하지 않으면 안 되었던 시대에 비하면, 이런 무료하고도 평화로운 시대 쪽이 좋은 것은 말할 나위가 없다. 어디 누구에게서 지시받은 대로 적의를 드러내고, 개인적으로 아무 원한도 없는 처음 보는 상대에게 덤벼드는 그런 남자만은 되고 싶지 않은 것이다.

지금 나는 장고를 생각하고 있다. 차에 태워 강변으로 놀러 갔던 날의 일이 선명히 기억난다. 강변에 도착했는데도 장고는 차 밖으로 나오려고 하지 않았다. 아마 뜨거운 돌 위를 걷고 싶지 않아서였을 것이다. 나는 내 점심인 유부초밥을 자랑해 보이면서 꾀어내려고 했다. 그 순간 장고가 긴 목을 잽싸게 뻗어 초밥을 덥석 물었다. 그러고는 다시 차 안으로 들어가 버리는 것이다. 그렇게 몇 번 반복되는 사이에 내 점심은 전부 없어졌고, 장고는 집에 돌아갈 때까지 차에서 나오지 않았다. 그게 전부이지만, 왠지 생각이 나는 것은 어쩔 수 없다.

◇

웃지 않을 수 없었던 일

◇

결국 내 손에 남은 것은 차우차우인 구마 한 마리뿐이었다. "개는 이제 한 마리로 충분해." 내 말에 아내도 "그렇죠. 저도 지쳤어요"라고 한숨을 지으면서 중얼거렸다. 하지만 우리는 그로부터 한 달도 지나지 않아 또다시 누가 먼저라고 할 것 없이 '다음'에 대해 입 밖에 내고 있었다.

이런 시골에서의 생활이 얼마나 따분할지에 대해서는 잘 알고 있을 터였다. 특히 일 년에 한두 번은 도저히 배겨 낼 수 없는 때가 있다. 그런 때에 나는 얼토당토않은 계획을 떠올린다. 생각만으로 그치면 그나마 다행인데, 실행으로 옮기고 나서 후회하는 일이 있었다. "좀 더 깊이 생각하고, 냉정하게 판단하고, 그런 다음 천천히 결정하면 될 일을." 지인들이 이따금 충고를 해 주지만, 그 나쁜 버릇은 좀체 고쳐지지 않았다. 개뿐만이 아니라 자동차나 오토바이를 살 때도 마찬가지였다.

어느 날 나는 불쑥 소리를 질렀다.

"재미없네. 구마만으로는 재미가 없어. 좀 더 나은 개는 없을까?"

아내도 기다렸다는 듯이 얼굴을 들고는 기묘한 구실을 늘어놓았다.

"차우차우는 다른 개하고는 좀 다르기는 하죠. 개치고는 좀 이상하다니까. 혀가 파란 데다가 곰하고도 닮아 있고……. 아무튼, 좀 더 개다운 개를 기르고 싶긴 하네요."

이어서 우리는 한바탕 구마 험담을 나누었다. 사람 말을 계속 알아듣지 못하는 것을 보니 머리가 나쁘다든지, 성격이 어둡다든지, 소심하다든지, 하고 싶은 말은 뭐든지 괜찮았다.

구마는 TV 앞에서 엎드려 코를 골고 있었는데, '구마'라는 말에만은 반응을 보여 귀를 움찔하고 이쪽을 돌아보았다. 말하자면 우리는 새로운 개를 기르기 위한 구실이라고 할까, 대의명분이라고 할까, 그런 것을 찾고 있었던 것이다. 그리고 그날 저녁까지는 기른다는 방향으로 결론이 났다.

나는 그럴 필요도 없는데 큰 소리로 외쳤다. "좋아, 정했어. 이렇게 되면 오기다. 이상적인 개를 찾을 때까지 수십 마리든 수백 마리든 마구 길러야지." 이제 남은 것은 개 종류를 선택하는 일뿐이었다. 하지만 그것도 그다지 힘들지는 않았다. 좋아하는 것이 달라, 나와 아내 사이에서 격렬한 불꽃이 튀는 일은 없었다. 답은 곧바로 나왔다. 출발점으로 돌아간 것이다. 역시 셰퍼드가 좋겠다로, 두 사람의 의견은 일치했다.

나는 의기양양한 얼굴로 말했다.

"낚시는 떡붕어로 시작해서 떡붕어로 끝낸다고 하고, 개는 셰퍼드로 시작해서 셰퍼드로 끝낸다고 하는데, 역시 그 말이 맞아."

아내도 거들었다.

"앞으로도 계속 셰퍼드로 결론 날 것 같네요. 그런 느낌이 들어요."

아내의 머리에는 아마 처음에 길렀던 조로의 모습이 남아 있는 것 같고, 나는 나 나름대로 명령에 따라 민첩하게 움직이는, 영화나 TV에 등장하는 셰퍼드의 이미지를 고집하고 있었음에 틀림없다. 그렇다고 해서 그 엉뚱하기 짝이 없는 맥을 잊은 것은 아니었다. 하지만 맥은 예외라고 단정했다. 보통 셰퍼드는 맥과는 크게 다르리라 멋대로 생각했다. 하지만 그래도 약간의 불안감은 있었다. 우리가 기르면 아무리 뛰어난 셰퍼드도 맥처럼 되고 마는 것은 아닐까. "그럴 수 있겠죠." 아내도 말했다.

이상적인
개를 찾아서

이것도 아니고 저것도 아니라는 생각 끝에 우리는 가장 확실하고 야비한 방법을 떠올렸다. 강아지 때부터 키워서는 어떤 개가 될지 모르니 훈련을 마친 성견을 손에 넣자는 것이다. 이런 나의 생각에 아내는 다소 난색을 표했다. 기르는 재미가 없다는 것이다.

"하지만 두 번 다시 실패하고 싶지 않아"라고 나는 아내에게 말했다. "길러 보고, 기대한 만큼의 개가 아니라고 해서 저버리는 식으로는 하고 싶지 않다고. 이번에는 진짜 제대로 된 방법으로 할 테니까."

훈련을 거친 셰퍼드를 팔고 싶다는 광고가, 개를 소개하는 잡지 여기저기에 실려 있었다. 강아지보다 당연히 비쌌지만 그것은 어쩔 수 없는 일이었다. 다만 마음에 걸리는 것은 실물이 광고대로인지 하는 것이었다. 개를 취급하는 업자 대부분은 "개를 좋아하는 사람치고 나쁜 사람은 없습니다"고 흔히 말하지만 개중에는 이상한 사람도 끼여 있는 법이다. 나는 K 씨에게 상담을 했다. 그는 빙긋이 웃으며 "네, 그런 셰퍼드라면 확실히 알아봐 드릴 수 있습니다" 하고는 좋은 개를 찾아보겠다고 약속했다.

며칠 뒤 연락이 왔다. 우리 지역에서 원하는 셰퍼드를 손에 넣을 수 있을 것 같다는 것이다.

그 마을로 가기 전날 밤, 나는 거의 잠을 이루지 못했다.

마침내 이상적인 개가, 사람의 친구라고 할 수 있는 셰퍼드를 손에 넣을 생각을 하니 흥분만 더해 갔다. 날이 아직 밝지도 않았는데 침대에서 일어나 개집을 청소하고, 밥그릇을 닦아 놓았다. 지프를 점검하고, 짐칸에 신문지도 깔았다. 아직 개를 한번도 본 적이 없는데 이미 나는 기르기로 마음먹고 있었다. 저녁이 되면 우리 개집에는 영리해 보이는 셰퍼드가 들어가 있으리라 믿고 있었다.

일단 K 씨 집으로 가서 그를 지프에 태운 다음 곧바로 그 마을로 향했다.

K 씨가 말했다.

"전화로 들은 이야기라 확실치는 않지만 상당히 좋은 셰퍼드인 것 같습니다."

똑같은 훈련을 받고 있는 수컷 성견이 거기에는 몇 마리나 있다는 것이다. 공격 훈련을 받은 셰퍼드도 섞여 있다고 했다. 그곳 주인은 훈련사일 뿐 아니라 수의사이기도 해서 업계에서는 유명하다고도 했다. 가격은 30만 엔. 현금은 아내가 가지고 있었다.

"싼 편입니다." K 씨가 말했다.

굉장히 싸다는 생각은 들지 않았지만, 강아지 때부터 기르고 훈련사에게 반년간이나 맡긴 것을 생각하면 분명 싸게 먹혔다. 아니, 머리에 그린 셰퍼드와 똑같다면 그 배가 되는 돈을 주어도 쌀 터였다.

그 마을까지는 멀어 차를 한참이나 몰아야 했다.

당시 K 씨의 머리에는 이미 셰퍼드 따위는 들어 있지 않았다. 도사견에 열중하고 있었던 것이다. 그는 "셰퍼드도 나쁘지 않지만 투견은 더 재미있습니다. 어떻습니까, 길러 보지 않겠습니까?"라며 자꾸만 권했다. 이렇게도 말했다. 앞으로의 인생을 도사견에 걸어 볼 예정이라고. 도사견을 현에 보급하고 지부장 직함을 받아 활약하면서 생활도 안정시키려고 생각한 것은 아닐까. 개를 다뤄서 큰돈을 벌 생각은 없다고 입버릇처럼 말하던 그였으므로, 이건 큰 변화였다. 나는 그 변화를 좋게 생각했다. 악랄한 짓까지 해서 돈벌이를 하는 놈은 아주 싫어했지만, 처자식이 있으면서 겉치레만 번드르르하게 하고 자신의 세계에 틀어박혀 있는 사내도 좋아하지는 않았다.

문제는 K 씨가 그럴 만한 그릇인지 아닌지였다. 투견을 보급시키기에 충분한 역량을 가지고 있는지가 마음에 걸렸다.

목적지 마을에 도착해 그 수의사 집에 들어가자 내 가슴은 크게 설렜다. 외딴 건물 안에서 셰퍼드 소리가 들려왔다. 나는 그곳으로 다가갔지만 창문이 서리유리고 문에는 단단하게 열쇠가 채워져 있어서 안을 볼 수는 없었다.

우리 앞에 나타난 사내는 뚱뚱하게 살이 쪄 있어서 셰퍼드보다 불도그를 연상시켰다. 그는 K 씨와 소곤소곤 이야기를 나누고 나서 나를 방으로 안내했다. 그는 아내가 내민 선물용 술을 낚아채듯이 받고서는 개와 인연이 되어 받은 트로피와 상패를 즐비하게 진열한 선반을 뒤로 하고 한바탕 연설을 늘어놓았다. 그는 셰퍼드가 개 중에서 최고라는 의미의 말을 집요하게 몇 번이고 했다. 그런 이야기보다 빨리 개를 보고 싶은 마음이 컸지만 그는 신이 나서 계속 이야기를 이어 갔다.

더는 참을 수 없게 된 나는 말했다.

"그 이야기는 나중에 또 천천히 듣기로 하고, 일단 개를 보여 주시지 않겠습니까?"

수의사는 약간 불만스러운 얼굴을 했지만 우리를 마당으로 데리고 나갔다. 그리고 그의 제자라는 젊은 여자에게 명해, 말려 놓은 식빵 가장자리를 마당 구석으로 치우게 하고, 훈련에 사용할 도구를 준비하도록 했다. 이제 개만 기다리면 되었다. 나와 아내는 앞만 보며 기다렸다.

수의사는 거만스러운 발걸음으로 외딴 건물로 향해서는 천천히 문을 열고 안으로 들어갔다. 개들이 일제히 격렬하게 짖어 댔다. 이내 그는 셰퍼드 한 마리를 밖으로 데리고 나왔다. 하지만 나는 한눈에 낙담했다. 아내도 마찬가지였다. 어디가 어떻다는 것이 아니라 어느 구석 하나도 마음에 들지 않았다. 몸이 작은 것이 특히 불만이었다. 맥에 비하면 배 정도로 작고 박력도 없었다.

실망은 또 이어졌다. 그 셰퍼드의 생김새로 말하자면, 한마디로 추했다. 우리가 개를 그렇게 보고 있다는 것을 눈치챈 수의사는 침착성을 잃고 부들부들 떨며 화를 참지 못했다. 개는 그런 수의사의 안색만 살피고 있었다. 그러면서도 한편으로 눈은 교활한 빛을 발하고 있어, 만만하게 보였다가는 끝없이 기어오를 것 같은 뻔뻔스러움을 몸에 익히고 있는 듯했다.

하지만 그 셰퍼드는 훈련 성과를 잇달아 선보였다. 1미터 정도 되는 장애물을 뛰어넘고, 천 여러 장 중에서 정확하게 한 장을 냄새를 맡아 맞히고, 호령에 맞춰 서기도 하고 앉기도 하고 엎드리기도 했다. 그렇다고 해서 거침없이 연기를 한 것은 아니다. 몇 번이고 야단을 맞고, 결국에는 얻어터져서 마지못해 한 것뿐이다. 맥만 해도 그렇게 애를 먹이지는 않았다.

얼마 후 나는 깨달았다. 날카로운 손톱 모양의 쇠를 박아 넣은 훈련용 목줄이 눈에 들어왔다. 그 순간, 모든 것이 이해가 되었다. 물론 때로는 그런 조잡한 도구를 쓸 필요가 있을지도 모르지만, 이 수의사는 좀 지나치게 쓰는 것은 아닐까. 그래서 비굴한 개가 되고 만 것이 틀림없다고 생각했다.

웃음보를
터뜨리고 만 일

나는 잠자코 있었다. 수의사는 그런 내 안색을 자꾸만 살폈다. K 씨는 입가에 엷은 웃음을 띠고 개의 움직임을 눈으로 좇았다. 그는 훈련사로서의 솜씨는 자기 쪽이 훨씬 위라는 생각을 하고 있던 것은 아닐까. 아내는 눈을 딴 데로 돌리고 있었다.

잠시 후 수의사가 변명을 했다. 평소에는 더 멋지게 해 보였는데 오늘은 모르는 사람 앞이라서 좀 흥분해 있었다느니 뭐니 했다. 너무나 우스운 핑계였다.

관계자 앞에서만 움직이는 개를 어떻게 셰퍼드라고 할 수 있겠는가. 나는 머리를 흔들어 수의사의 말을 가로막으며 이렇게 말했다.

"다른 놈을 좀 보여 주시죠."

보고 싶은 것은 그런 시시한 셰퍼드가 아니었다. 3시간이나 차를 몰아 온 것은 멋진 셰퍼드를 손에 넣을 수 있으리라 생각했기 때문이다. 수의사는 난처한 표정을 짓고는 생각에 잠겼다. 나는 아내에게 귓속말로 했다. "30만 엔이라니 어이가 없어서. 우리를 풋내기로 생각해 얕보고 있잖아." 아내는 말없이 고개를 끄덕였다.

수의사인지 훈련사인지 모르지만 신용할 수 없는 사내라고 나는 생각했다. 아마 그도 자신이 의심받고 있다는 사실을 알아차렸으리라. 우리를 어수룩하게 본 것이 잘못이라는 것도. 그는 제자에게 일러 두 번째 셰퍼드를 밖으로 나오게 했다. 덩치는 처음 것보다 조금 컸다. 하지만 이제부터 기대해도 좋을 법하다고 생각한 바로 직후에 완전히 배신을 당하고 말았다.

그 녀석은 줄을 풀어 주자마자 이웃집 마당으로 달아나 아무리 불러도 돌아오지 않았다. 그 대단한 수의사도 이때만은 변명의 여지가 없어 보였다. 그는 제자와 힘을 합쳐 겨우 개를 붙잡아서는 일단 두세 대 후려갈겼다. 그리고 앞에서와 같이 실제로는 아무 쓸모도 없는 재주를 부리게 했다.

두 번째 셰퍼드도 그저 평범한 것을 마지못해 해냈는데, 내 마음에 아무래도 들지 않았던 것은 차분하지 못한 태도였다. 모습도 너무 주눅이 들어 있었다.

하지만 수의사는 자신감 넘치는 투로 말했다.

"어떻습니까, 이 개는. 이게 바로 훈련받은 셰퍼드입니다."

그는 여전히 나를 얕보고 있었다. 분명하게 말을 해 줄 필요가 있었다.

"이 정도로는 어림도 없습니다."

그렇게 말하고는 일어나 아내를 재촉해 지프 쪽으로 걸어갔다. 정말로 돌아갈 생각이었다. 그러자 수의사는 갑자기 당황해 그때까지의 잘난 체하던 태도를 홱 바꾸더니 장사꾼의 본성을 드러내기 시작했다. 그는 "팔 것은 아니지만…"이라고 입을 열고는 "멋진 셰퍼드를 보여 드리고 싶습니다"는 등의 말을 하며 나를 만류했다. 팔 것이 아닌 개를 본들 무슨 소용이 있으랴 싶었지만, 그래도 이야깃거리 정도는 될 수 있을지 모르겠다고 생각을 고쳐먹고, 일단 돌아섰다.

수의사는 제자에게 말했다.

"이봐, 그 녀석을 이리로 데리고 오지."

아가씨는 한순간 주저했지만, 약간 화난 듯한 발걸음으로 외딴 건물 안으로 들어갔다. 미심쩍은 것은 그 건물 안을 보여 주지 않는다는 점이었다. 거기에는 적어도 셰퍼드가 열 마리 넘게 있을 법한데도 그는 무슨 까닭에선지 한 마리씩밖에 보여 주지 않았다. 아마도 비교당하고 싶지 않아서였을 것이다. 팔고 싶은 셰퍼드가, 맡아서 훈련하고 있는 셰퍼드보다 못해 보이기 때문일 것이다. 그렇게밖에 생각할 수 없었다.

제자가 데리고 나온 셰퍼드는 앞의 두 마리보다는 나았다. 하지만 눈이 번쩍 뜨일 정도는 아니었다. 고만고만한 모양새에 털이 약간 하얬다. 우리를 보고도 태연했고, 마구 고함만 질러 대는 수의사 앞에서도 의젓했다. 나는 다소 기특한 생각이 들어 그 개를 유심히 바라보았다. 그리고 속으로 '그럭저럭 쓸 만하겠다'고 중얼거렸다. 만약 팔고 싶어 한다면 이야기에 응할 정도는 되겠다고 생각했다. 아내도 마음에 들었는지 가까이 다가가 그 개의 머리를 쓰다듬었다.

하지만 우리의 기대는 또다시 무너지고 말았다. 수의사가 제자에게서 넘겨받은 줄을 목줄에서 뗀 순간 그 셰퍼드가 갑자기, 마치 그 기회를 노리고 있었던 것처럼 도망을 친 것이다. 아니, 도망친 것은 아니었다. 아까 한구석에 치워 둔 식빵 가장자리 더미에 얼굴을 냅다 처박고는 걸신들린 것처럼 먹어 치우고 있었으니까 말이다. 먹는다고 하기보다는 삼켰다는 편이 더 정확할 것이다. 그 정도로 배를 곯고 있었던 것일까.

수의사는 미친 듯이 화를 냈다. 셰퍼드 세 마리가 그 사람의 장사를 방해했을 뿐만 아니라 수치까지 당하게 한 것이다. 이것도 저것도 결국은 그의 책임이었다. 그는 개를 때리고, 찼다. 개는 비명을 지르면서도 먹는 것을 그만두지 않았다. 입에 손을 넣어 먹고 있던 빵을 빼내려고 해도, 씹고 있던 것만큼은 결코 빼앗기지 않고 끝내 삼켜 버렸다.

하지만 수의사의 수치는 그것으로 끝이 아니었다. "엎드려"와 "기다려"를 하고 걸려 온 전화를 받으려고 집으로 들어갔는데, 뭐를 착각했는지 개가 명령을 어기고 일어서 쏜살같이 집 안으로 뛰어들어 갔다. 엄청난 소동이 벌어졌다. 정말로 웃지 않을 수 없는 상황이었다. 나와 아내는 물론, K 씨도, 그리고 제자인 아가씨마저 웃음보를 터뜨렸다.

고집이 세다고 할까, 악착스럽다고 할까, 수의사는 그래도 다시 물고 늘어졌다. 내가 현금을 준비해 간 것을 알고 있었기 때문이다. 그는 앞에서와 마찬가지로 변명 아닌 변명을 반복했다. 조건이 좋지 않아 개들이 모두 실력을 발휘할 수 없었다, 라고. 나는 버럭 화를 냈다. 그렇게까지 얕보였다고 생각하니 큰소리로 혼을 내 주고 싶었다. 하지만 K 씨의 체면도 있고 해서 꾹 참고 "조만간에 또"라는 말만을 하고 지프 쪽으로 걸어갔다.

그러자 수의사가 뒤쫓아 와서 돈은 나중에 주어도 괜찮으니 아무튼 데리고 가서 한동안 상태를 봐 주지 않겠느냐고 했다. 그렇게 하면 분명히 마음에 들 것이라면서 말이다. 만약 정말로 싫다면 언제든지 돌려보내도 좋다고 했다. 처음에는 팔 것이 아니라고 했으면서 결국에는 이런 꼴이었다. 나는 말했다. "그렇게 하지 않으셔도 잘 압니다. 그 정도로 풋내기는 아니니까요."

　이후 우리는 두 번 다시 셰퍼드를 기르고 싶다느니 아니라느니 하지 않기로 했다. 물론 좀 더 열심히 찾으면 양심적인 사람한테서 훌륭한 셰퍼드를 물려받을 수 있을 것이다. 하지만 그 한 건으로 해서 흥이 깨지고 말았다. 굳이 셰퍼드가 아니더라도 상관없는 것은 아닐까 생각하게 되었다.

　나는 구마의 머리를 쓰다듬으면서 아내에게 이렇게 말했다.

　"아무래도 우리는 셰퍼드하고 인연이 없는 것 같네."

　"그럴지도 모르죠." 아내는 말했다.

◇

첫
눈
에

반
한

류

◇

어느 날 K 씨에게서 전화가 걸려 왔다. "어떻습니까. 이번에는 도사견을 길러 보지 않으시겠습니까?" 그는 약간 거드름을 피우는 말투로 "좋은 녀석이 있습니다"고 말을 이었다. 언젠가 그가 도사견을 권하리라는 건 각오하고 있었다. 그는 온통 도사견에 사로잡혀 있어서 다른 견종 따위는 머리에 없었기 때문이다. 나는 잠시 생각에 잠겼다. 키울 것인지 키우지 않을 것인지로 고민하는 것이 아니라 거절할 말을 찾기 위한 침묵이었다. 남은 인생 전부를 도사견에 집중하겠다며 의욕에 불타 있는 그에게 "관심 없습니다"고 한마디로 내뱉을 수는 없었다.

그 무렵 나는 투견 같은 것에는 전혀 관심이 없었다. 개끼리 싸우는 것을 볼거리로 삼아 즐긴다는 행위를 납득할 수 없었을 뿐만 아니라 도무지 재미도 느낄 수 없었다. 차라리 사람과 개가 싸우는 경기가 나을 것이다. 어느 한 인간이 사나운 개에게 맨손으로 맞선다면 이해가 간다. 투우만 하더라도 이런 방식이라면 인정해도 괜찮을 것이다. 남자 여럿이서 소 한 마리에 달려들어 고통을 주고, 소가 비틀비틀 몸을 가누지 못하는 시점에 급소에 칼을 찔러 넣는 행위를 보는 것은 기분이 좋지 않다. 평등하고 대등한 싸움이 아니다. 남자다운 것도 그 어느 것도 아니다. 덧붙이자면 사냥에서도 마찬가지라고 할 수 있다. 사람 쪽이 망원경이 달린 고성능 라이플이라는 압도적인 무기를 가지고 있는 한, 사냥은 전적으로 약한 자를 괴롭히는 일일 수밖에 없다. 사슴이나 멧돼지가 대형 권총이라도 가지고 마구 돌아다닌다면, 자랑한들 누가 뭐라고 하겠는가.

K 씨는 언젠가 이런 말을 했다. 투견을 야만적인 구경거리로밖에 생각하지 않는 사람이 많은 것 같은데 그것은 아주 잘못된 오해다. 분명 겉으로 보기에는 피투성이인 싸움이지만 그 개들 마음까지 어둡고 비참하리라고 상상하는 것은 잘못이다. 개들은 행복하다는 것이다. 투쟁 본능을 충족시킬 수 있기 때문에 비록 상처투성이가 되고 걸레처럼 너덜너덜해지더라도 개의치 않는다. 그들에게 최대의 비극은 상처 하나 입지 않고 한 방울의 피도 흘리지 않은 채 평화로운 나날을 보내다 죽어 가는 것이라는 얘기다.

사람의 몸에도, 특히 남자 몸속에도 투견과 비슷한 피가 흐르고 있을 것이다. 그 피가 역사를 크게 또한 거칠게 바꿔 온 것이다. 그때마다 수많은 비극이 일어난 것도 사실이다. 하지만, 그렇다고 해서, 그것이 늘 부정적인 결과만을 낳아 왔다고는 할수 없다. 서로 죽이는 등의 살벌하고 직접적인 행동을 취하지 않을 때에 남자는 자신들의 강점인 강력한 추진력을 발휘해, 위대한 발견과 발명을 하고 대기록을 남겨 무수한 감동을 전 세계에 계속 퍼뜨려 온 것이다. 하지만 유감스럽게도 대부분의 남자가 그 끓어오르는 피를 제대로 된 방향으로 보내지도, 제어하지도 못해 몸을 파멸의 길로 내몬다.

법률이나 도덕에 묶여 옴짝달싹 못하는 요즘 남자들에게 투견은 아마 프로레슬링이니 프로복싱 등과 마찬가지로 폭력적인 욕구를 어느 정도 충족시켜 주는 대체물일지 모른다. 사람끼리 하는 격투기는 쇼일수록 어딘가 미심쩍고 성이 차지 않지만, 개의 경우에는 너무나도 사실적인 싸움이어서 인기가 있는 것은 아닐까 하고 K 씨는 말했다.

그러고 보니, 이런 말을 하는 지인도 적지 않다. "요즘 남자들은 피가 끓느니 하는 것을 처음부터 못 느낀다니까. 지금 사회에서는 아무 도움도 되지 않는 그런 건 태어날 때부터 가지고 있지 않다고. 인간이 진화하고 있다는 거지." 남자임을 포기해 버리는 것이 진화일까. 진화가 어떤 건지는 모르지만, 여자의 고리타분한 생활 태도를 아무렇지도 않게 받아들이는 남자가 늘어난 것만은 사실이다. 스웨터 하나 고르는데도, 거울 앞에서 30분이고 1시간을 고민하는 남자가 늘어났다. 왠지 기분이 언짢은 시대가 되고 말았다.

첫눈에 반한
도사견

내가 말없이 가만히 있자, 전화 저편에 있는 K 씨가 내 마음을 눈치챘는지 이렇게 말을 좁혀 왔다. "보는 것만으로 손해 볼 건 없잖습니까. 보고 나서 결정하시죠." 분명히 맞는 말이었지만 투견 따위는 볼 필요도 없었다. 나는 내 속에 들끓는 피를 제어해서 일에 대한 정열로 바꿀 수 있었기 때문에 투견에 의지하지 않아도 되는 것이다. 하지만 그것이 셰퍼드였다면 흔쾌히 승낙했을 것이다.

K 씨는 계속해서 물고 늘어졌다. 그 도사견은 태어난 지 7개월 된 수컷이어서 그리 손이 가지 않는다고 한다. K 씨는 보통 두 달 정도 된 강아지를 취급해 왔는데, 이번엔 어쩐 일인지 그

이유를 물어보았다. 그러자 "실은 건설회사 사장님이 기르고 있었는데 회사가 망해서 개 같은 건 신경을 쓰지 못하게 돼 버렸습니다"고 답했다. 그 이야기를 들었을 때 나는 뭔가 숨기고 있구나 하고 생각했다. 도산이 아니라 다른 이유가 있는 것은 아닐까. 예를 들면 마구 물어서 감당을 할 수 없다든지, 하루 종일 짖어 대서 이웃에게서 불만의 소리를 듣고 있다든지. 만약 그렇다면 딱 질색이다. 하지만 K 씨는 "당치도 않습니다. 투견은 조용하고 순한 개입니다"고 했다. 혹시나 해서 가격을 물어보니 20여만 엔. "공짜나 마찬가지죠"라고 그는 말했다.

내 마음이 움직인 것은, 보는 거야 상관없으리라 생각한 것은, 털 색깔이 검다는 말 때문이었다. 갈색 투견이라면 알고 있지만 검은 투견은 처음 들었다. 나 자신도 이유는 잘 모르지만 나는 검은 개가 좋았다. 검은 투견이라는 말을 들은 순간, "내일 보러 가겠습니다"고 답했다. 하지만 "일단 보기만 하는 거니까요"라고 덧붙이는 것도 잊지 않았다.

아내에게 투견에 대해 이야기하자 "보러 갑시다"며 흥분된 목소리로 말했다. 나는 "진정해. 지금은 일단 차분히 생각해 보자고"라고 말했다. 말하자면 만에 하나 사게 되었을 때를 위해 작전을 세워 두자고 생각한 것이다. 지금까지 우리는 갖고 싶은 개를 발견하면 그 자리에서 표정이 드러나는 약점을 보였다. 결국 파는 사람이 원하는 대로 되어 나중에야 후회하곤 했다. 하물며 값을 깎은 적도 없었다.

K 씨가 그렇게까지 칭찬을 하는 걸로 봐서는 약간의 허세는 있더라도 결코 나쁜 개는 아닐 것이다. 셰퍼드를 보러 갔다 실망한 이전 같은 일은 없을 것이다. 보면 또 갖고 싶어질지 몰랐다. 함부로 물거나 짖지 않는 게 확실하다면 더할 나위 없었다. 좋은 개라면 길러도 상관이 없지만 20여만 엔을 선뜻 지불하는 것도 재미가 없다. 팔고 싶어 하는 것은 저쪽이었다. 이쪽이 유리한 것이다.

나는 아내에게 일러 주었다.

"잘 들어, 그놈이 생각보다 괜찮은 개라 하더라도, 갖고 싶어 하는 표정 같은 건 지으면 안 돼. 좋아하는 표정도 짓지 말고. 무시하고 있어. 그러면 그 뒤는 내가 알아서 할 테니까."

그런 다음 우리는 다른 사람은 알 수 없는 신호를 정했다. 만약 그 개가 아주 마음에 들어 꼭 기르고 싶다면 왼쪽 귓불을 문지른다. 그 다음에는 두 번 다시 그 개를 보지 않도록 하고, 관계가 없는 개를 열심히 칭찬해서 속내를 읽히지 않도록 조심한다. 절대로 손에 넣을 수 없다는 것을 알고 있는 보르도 마스티프 강아지를 갖고 싶다느니 어쩌느니 해도 좋다.

당일, 우리는 혹시나 해서 현금 10만 엔 정도를 준비하고, 목줄과 끄는 줄을 지프 짐칸에 숨겨서 길을 나섰다. 돈이며 목줄이며 끄는 줄을 가지고 왔다는 사실을 마지막까지, 사기로 결정했을 때까지 비밀로 해 두지 않으면 안 되었다.

그 검은 투견을 처음 보았을 때의 감동과 흥분은 지금도 선명하다. 나도 아내도 그저 압도당하고 말았다. 미리 협의를 해 둔 신호도 잠시 잊고 입을 떡하니 벌린 채 정신없이 바라보기만 했다. 우리는 투견이라는 이미지 때문에 훨씬 더 거칠고 사나운, 한 조각의 지성도 느낄 수 없는 개를 상상했는데, 그곳에 있는 개는 그야말로 중세의 기사, 전국시대의 젊은 무사였다. 당당한 태도, 기품, 어느 한구석 흠잡을 데가 없었다. 게다가 그 개의 털은 단지 검기만 한 것이 아니라, 가슴 부분에 별을 연상시키는 크고 흰 열십자 문양이 있어 검은 털이 한층 더 빛났다.

개는 우리를 보고도 짖지 않고 얌전했다. 정신을 차린 나는 아내에게 다급히 그 신호를 보냈다. 아내도 귓불을 문질렀다. 주저하고 망설일 이유가 없었다. 이 정도 개를 놓칠 수는 없었다. 우리는 애써 표정을 감추고 그 도사견을 무시했다. 그리고 개집에 갇혀 있는 다른 개를 손가락으로 가리키며 팔 것이 아니라는 것을 뻔히 알면서도 "이쪽이 괜찮네" 하고, 몇 번이고 손목시계를 들여다보면서 얼른 돌아가고 싶은 척했다. 그런데 아내의 연기가 너무 서툴러서 나는 언제 발각될지 몰라 안절부절

못했다. 분명히 아내의 얼굴은 다른 개를 향하고 있었지만 눈은 투견에 고정되어 있었다.

하지만 우리가 한 그런 시골 연기도 멋지게 먹혀들어 마침내 K 씨는 당황하기 시작했다. 그는 약간 초조한 말투로 "이 정도 개를 손에 넣을 수 있는 기회는 그리 흔하지 않습니다"라느니 "아무리 돈이 궁해도 모르는 사람한테는 팔고 싶지 않습니다"라고 했다. 그래도 우리는 외면했다.

곧 K 씨는 값을 깎는 방안을 생각했다. 주인에게 값을 깎아 달라고 하겠다며 전화기를 집어 들었다. 그러고는 뭐라고 소곤소곤 이야기를 나누었다. 전화기를 놓은 그가 억지웃음을 지으며 우리 쪽을 바라보았다. "믿을 수가 없는데요." 믿을 수 없을 정도로 싸게 해 주었다고 말하려는 듯했지만 우리로서는 아직도 불만이었다. 그래서 이렇게 일러 주었다. "가격 문제가 아니라 투견에는 흥미가 없다니까요. 애를 써 주시는 건 압니다만."

K 씨는 한층 더 물고 늘어졌다. 그는 너무나 초조해 했다. 내가 사 주지 않으면 끝장이라는 태도였다. 무엇 때문일까. 나는 생각해 보았다. 살 사람을 이미 수없이 찾고 난 후일지도 몰랐다. 좋은 개라는 건 알아도 아무나 손쉽게 키울 수 있는 그런 종류는 아니다. 어느 쪽인가 하면, 생후 7개월이면 강아지로서는 너무 자라 버린 데다, 투견이라 어느 정도 저항감도 있었을 것

이며, 대형견이라고 하기엔 작은 것도 걸렸을 것이다. 파는 사람 입장에서 마지막으로 기댈 곳은 내가 아니었을까.

그런 점을 눈치챈 나는 점점 기세를 올렸고, K 씨의 말에는 거의 귀를 기울이지 않고 손목시계만 들여다보았다. 나중에 듣고 안 사실인데, 이때 아내는 속으로 조마조마했다고 한다. "그렇다면, 아쉽지만 다른 놈을 찾아보죠"라고 갑자기 태도를 바꾸는 것은 아닐까 걱정했다는 것이다. 하지만 K 씨는 그렇게 하지 않았다. 다시 전화기를 들었다. 다시 한번 가격이 내려갔다. 하지만 내 대답은 바뀌지 않았다.

K 씨가 속마음을 털어놓았다. "돕는다고 생각하고 길러 주시지 않겠습니까. 이 개가 불쌍하다고 여기시고." 그렇게까지 나오면 한번만 더 밀어붙이면 되었다. 우리는 여전히 연기를 계속했다. 마침내 K 씨는 "그럼 원하시는 가격을 일러 주시죠. 주인과 상담을 해 볼 테니까요"라며 범위를 줄여 왔다.

나는 천천히 얼굴을 들어 집요하게 물으니까 할 수 없이 답한다는 투로, 생각하고 있던 숫자를 말했다. K 씨가 처음에 제시한 금액의 절반 이하였다. 거절하기 위한 구실로 말했을 뿐이라는 그런 느낌으로.

순간 K 씨 얼굴이 어두워졌지만, 그다음 순간에는 어느 정도 빛을 되찾았다. 아마 너무나 싼 가격에 실망하면서도 팔 수 없는 것보다는 낫다고 생각해 마음을 고쳐먹었을 것이다. 그는 전화기에 달려들어 주인과 빠른 말로 재잘거리더니 이내 이쪽을 향해 절반은 자포자기한 기색으로 말했다. "됐습니다. 그 가격으로 됐습니다." 그 즉시 내가 결정하리라고 그는 결코 생각하지 않았을 것이다. 이후 우리의 움직임을 보고 기겁한 것을 보면 말이다.

"알겠습니다. 그것으로 매듭지읍시다." 나는 말하기 무섭게 지갑에서 돈을 꺼내 K 씨 손에 건네고, 바로 아내에게 명령했다. "여보, 지프 짐칸에서 목줄하고 끄는 줄 가지고 와." 그 뒤 검은 투견과 K 씨 집을 나오는 데 불과 5분도 걸리지 않았다. K 씨는 현관 쪽에서 여우에 홀린 것 같은 얼굴을 하고 우리를 배웅했다. 훨씬 뒤에야 그는 전화를 걸어 왔는데, 이렇게 말했다. "개 사는 기술이 많이 느셨습니다. 놀랐다니까요." 나는 이렇게 말해 주었다. "개 기른 지가 꽤 오래됐으니까요."

달리기 친구

지프 짐칸에 둔 투견은 집에 도착할 때까지 얌전했다. 극히 승차감이 좋지 않은 데다 급커브가 이어진 곳에서는 심하게 흔들렸는데 날뛰지도, 짖지도 않았다. 다만 도중에 쉬지 않고 계속 달려왔기 때문에 소변을 지리게 하고 말았다. 이 작은 실수로 인해 이후 나는 난처해졌지만 말이다.

'류'라는 이름을 붙인 이 도사견은, 우리가 바라는 조건으로 치자면, 거의 만점인 개였다. 무엇보다도 훌륭한 것은 조용한 점이었다. 이따금 걱정이 되어 개집 안을 들여다볼 정도였다. 류는 침묵을 지키며 조각상처럼 꿈쩍도 하지 않은 채 산보 시간이 오기를 기다렸다. 조용하기는 했지만, 서양개의 피가 듬뿍 흐르고 있는 만큼 성격은 아주 밝고 새로운 주인을 거부하는 일은 전혀 없었다. 그리고 튼튼했다. 특히 지구력이 아주 뛰어나서 내가 달릴 때 끝까지 따라올 수 있었다. 나보다 빨리, 게다가 긴 시간 달릴 수 있는 개는 그때까지 몇 마리인가 길렀다. 하지만 그 녀석들은 나와 보조를 맞추지 않고 제멋대로 달렸다. 줄이라도 풀어 주면 그 순간 종잡을 수 없는 방향으로 내달리고 말았다. 그런데 류는 결코 그런 행동은 하지 않았다. 나보다 빨리 달리거나 뒤처지지 않고, 훈련한 것이 아닌데도 늘 내 옆을 떠나지 않았다. 달리기 친구로서의 역할을 멋지게 해냈다.

나는 류에게 달리기 친구 이상으로는 바라지 않았다. 말하자면 투견으로 기를 생각은 없었다. 아주 평범한 개로 키우고 싶었다. 하지만 류가 보통 개가 아니라는 점은 이내 알게 되었다.

사람에게 아주 공격적인 태도를 취하는 일은 없었지만 그 눈빛에는 보통이 아닌 무엇이 있었다. 내가 아무리 집요하게 쏘아보더라도 얼굴을 돌리거나 눈을 피하지 않았다. 아내의 말에 따르면 "소용돌이치는 것 같은" 그 눈 깊은 곳에서는 상대의 전의를 흡수하고 마는 무언가가 있었다.

이런 일도 있었다. 내가 장난삼아 공격 자세를 취하자 류는 바짝 긴장을 했다. 투견의 본성을 드러내 낮은 자세를 취하고는 내 주위를 빙빙 도는 것이었다. 이어서 잽싸게 내 등 뒤에 서서는 거칠게 덤벼들어 허리를 물고 늘어졌다. 장난삼아 약하게 문 것이었지만, 그래도 이빨 자국은 일주일 정도 사라지지 않았다.

류의 이빨이 무수무시하다는 것은, 물 양동이를 눈 깜짝할 사이에 구멍투성이로 만든 일과, 개집의 두꺼운 마룻바닥을 하룻밤 사이에 너덜너덜하게 만들고 만 일로도 잘 알 수 있었다. 하지만 그것은 성견이 될 때까지의 조그마한 악습으로, 일 년 정도 지나자 자기 이빨의 위력을 과시하는 그런 일은 하지 않게 되었다. 그래도 속에 숨겨져 있는 폭력적인 기운은 완전히 감출 수가 없어서, 우리 집을 방문하는 편집자들은 결코 가까이 가지 않았다. 내가 아무리 "괜찮아. 걱정하지 마"라고 거듭 일러도, 류의 날카로운 시선을 느낀 순간 그들은 몸을 움츠리고 마는 것이었다.

보통 개들은 공격하기 전에 어떤 위협적인 행동을 먼저 하게 마련이다. 으르렁거리는 소리를 내거나 이빨을 드러내 상대를 겁주고 나서 공격하는데, 류는 어떻게 된 일인지 그것을 생략하는 것 같았다. 산보하다 만난 들개가 시비라도 걸 것 같으면 류는 단숨에 공격했다. 그것도 급소만 노린 공격이었다. 게다가 끝까지 침묵을 유지하면서 그렇게 하는 모습은 마치 소음기가 달린 총처럼 어쩐지 섬뜩했다. 내가 줄을 단단히 잡고 있었기 때문에 들개 귀가 뜯기는 정도로 끝났다.

류는 아마 내가 말리지 않았다면 들개가 죽을 때까지 계속 싸웠을 것이다. 어느 한쪽이 목숨을 잃을 때까지 말이다. 그 상대가 개가 아닌 사람이었어도 마찬가지였을 것이다. 류는 사람에게 거의 관심을 갖지 않았고 적의도 보이지 않았다. 하지만 그것은 낮 동안에만 그랬고, 밤중에 몰래 접근하는 자가 있으면 순식간에 전투태세를 갖추었다. 개집 안이기 때문에 자세를 취하는 정도로 끝났지, 만약 풀어서 길렀다면 한두 사람은 죽었을지도 모른다.

류에게서 마음에 들지 않는 점은 딱 하나였다. 집에 데려올 때 지프에서 '실례'를 한 이후 하필이면 내 애차를 화장실로 삼고 말았다는 것이다. 지프에 태우기 전에 산보를 실컷 시키고 배변 시간을 충분히 주었는데도, '큰 것'까지 누는 것이었다. 지프가 달리기 시작하자마자 허리를 낮추고 내가 필사적으로 제지하는 것도 무시하고서 말이다.

어떤 때는 하루에 두 번이나 그런 일을 당했다. 한번 그랬으니 한동안은 괜찮으리라 생각해 지프에 태웠는데, 이번에는 동네 한가운데에서 갑자기 허리를 낮추는 것이었다. 내가 소리를 질러 야단을 치려고 했을 때에는 이미 늦었다. 얼마 안 있어 그 나쁜 습관이 고쳐져 나무랄 데 없이 좋은 개가 되었을 때, 류는 죽었다. 아마 사상충 때문이었을 것이다. 류는 조용히 죽어 갔다. 실은 고통을 참고 있었을지도 모르지만……

류는 상처 하나 입지 않고 한 방울의 피도 흘리지 않은 채 평화로운 나날을 보내다 죽었다. 하지만 나는 K 씨가 말한 것처럼 그것이 투견에게 가장 큰 비극이라고는 생각하지 않는다.

그리고 얼마 후 K 씨의 꿈은 깨어졌다. 투견 보급에 실패해 결국 개로는 생계를 유지할 수 없어 월급쟁이가 되었다.

◇

제시는 자네가 죽인 거야

◇

제법 오래된 이야기인데, 아는 사람이 개를 키우게 되었다. 애초에 키우라고 끈질기게 권한 것은 나였다. 그 무렵 나는 누구에게랄 것 없이 "개를 키워!"라고 말해 그것이 인사말이 되기까지 했다. 하지만 그 지인은 약간, 아니, 상당히 심각한 사정이 얽혀 있었다. 당시 그는 아내와 헤어질지 말지로 크게 옥신각신하고 있었고, 결론은 헤어지는 쪽으로 기울고 있었다. 몇 번이나 상담을 해 준 나로서도, 이번 기회에 눈 딱 감고 헤어지는 쪽이 결국 두 사람의 행복으로 이어지지 않을까 생각하게 되었다. 부부로서의 모양새를 기우고 또 기워도 그리 오래가지는 못하리라. 다행히 두 사람은 아직 너무나 젊고 얼마든지 충분히 다시 시작할 수 있었다. 두 사람의 결혼은 소꿉질 놀이의 연장이었을지도 모른다.

부인은 친정으로 가 있었고, 그는 변두리에 있는 움막 같은 아파트에서 혼자 살았다. "여자는 이제 지긋지긋합니다. 여자는 믿을 게 못 됩니다." 그는 끊임없이 입을 놀렸지만 외로움을 감출 수는 없었다. 그 증거로, 그는 정말로 졸리기 전까지는 아파트로 돌아가려고 하지 않았다. 게다가 하는 말이 늘 달랐다. 아침에는 "그런 여자 얼굴은 두 번 다시 보고 싶지 않습니다" 하다가 저녁에는 "실은 그 여자를 아직 사랑하고 있습니다"며 시치미를 뚝 떼고 말하는 것이었다.

　그럴 때마다 나는 그를 호되게 꾸짖었다. 사내라면 한번 결정했으면 끝까지 밀어붙이라든지, 우는 소리 그만하라든지 하며 그를 만날 때마다 지껄여 댔던 것이다. 그러자 그는 이렇게 말했다.

　"맞는 말씀입니다. 하지만 이치대로 움직이지 못하는 약한 인간도 많습니다."

　"움직이지 못하는 것이 아니라 그냥 움직이지 않는 것뿐이지"라는 나.

　"아뇨, 이렇게 보여도 저는 저 나름대로 애를 쓰고 있는 겁니다."

　"그렇게 보이지 않는데. 얼른 다른 여자를 찾아보는 게 어때?"

"전혀 그럴 생각은 없습니다."

"바보 같은 놈."

"한밤중에 아파트로 들어가는 게 두렵고…… 혼자라는 게 얼마나 무서운지 아십니까?"

"태어날 때부터 그 여자하고 같이 있었던 건 아니잖아?"

"그건 그렇습니다만."

"죽을 때도 혼자잖아."

"하긴, 그렇죠."

"그러니까, 자잘한 일에 기죽지 말라고. 세상에는 훨씬 좋은 여자가 많다니까."

"있을까요?"

"적어도 그 여자보다 나은 여자라면 수없이 많지."

"제 마누라가 그렇게 나쁜 여자였습니까?"

요즘 이런 남자가 유달리 눈에 많이 띈다. 분명 순진하기는 하다. 하지만 순진하기만 할 뿐이다. 그들은 좀 더 중요한 것을 잊고 있다. 명예나 부끄러움 같은, 남자가 남자임을 나타내는 유일한 증거라고 할 수 있는 척도를 까맣게 잊고 있다. 욕을 먹고 바보 취급을 당했다고 하면서도, 남 앞에서 "외롭다"느니 어쩌느니 태연하게 지껄인다. 그러다 보면 외롭다는 이유만으로, 외톨이가 되고 싶지 않다는 것만으로, 상대의 불합리하기 이를 데 없는 처사를 순순히 허용하고 만다. 말하자면 울며 겨자 먹기가 되는 셈이다. 남자의 그런 약점을 재빨리 알아챈 여자는 곧바로 기세가 등등해진다. 하고 싶은 대로 할 수 있게 되어 어느새 남자와 여자의 입장이 역전되고 마는 것이다.

"좋아, 알았어. 그렇다면 이렇게 하지"라며 나는 말을 이었다. "다음 여자를 찾을 때까지 일단 개를 키워. 외로워서 못 견디겠다면. 여자보다 오히려 개 쪽이 나아."

"개는 좋아합니다만……"이라는 이 친구.

"개는 믿을 수 있어. 내가 기른 개는 가끔 주인을 배신했지만, 그래도 여자보다는 더 믿을 수 있어."

이것이 그가 개를 기르게 된 첫 번째 계기였다. 그는 말했다. 우선 개를 기르고, 이어서 장사로 크게 돈을 벌어 언젠가 '그 여자'를 후회하게 만들어 줘야지, 라고. 그로서는 소중하고도 남자다운 결의였다.

그가 개를 기른 사연

나는 그에게 전 세계 개가 실려 있는 책을 보여 주면서 어느 견종을 기르고 싶은지 물었다. 그는 훌훌 페이지를 넘겨 가다가,

불테리어 부분에 이르자 "이거다!"고 소리쳤다.

"이봐, 이봐, 정말이야?" 나는 물었다.

"이게 좋네요." 그는 진지한 얼굴로 말했다.

"이런 개 어디가 좋은데?"

개에 대해서는 거의 하나도 모르는 그가, 불테리어의 무엇이 좋은지 알고 있을 리는 없었다. 어디까지나 겉모습으로 판단한 것이다.

"귀엽지 않으세요. 이 생김새가?"

내가 알고 있는 사람 중에 불테리어 얼굴을 귀엽다고 표현한 것은 이 사람밖에 없다. 영리하다든지 용감하다든지 하고 칭찬하는 사람들도 결코 얼굴에 대해서는 말하지 않는데 말이다.

"자네 눈이 어디 잘못된 거 아냐?"라며 나는 물었다. "이 개의 어디가 귀엽다는 거지?!"

그래도 그는 불테리어를 귀엽다고 극찬하며 꼭 기르고 싶다고 했다. 하지만 그 개를 일본에서 손에 넣기란 어지간히 어려운 모양이었다. 일본에서 불테리어의 인기가 낮은 것은 분명 돼지를 쏙 빼닮은 얼굴 생김새 탓이리라. 내용보다 겉모습을 중시하는 요즘 풍조에서는 더욱 그럴 것이다. 나만 해도 불테리어를 기르고 싶다고 생각한 적은 없다. 외국에서 불테리어를 몇 마리 봤지만, 볼 때마다 '이건 아니다'고 속으로 중얼거렸다.

"다른 것으로 해." 내가 말하자 그는 너무나 유감이라는 표정으로 한동안 불테리어 사진을 들여다보다 마침내 마음을 고쳐먹고, 다시 페이지를 넘겼다. 그가 고른 두 번째 견종은 달마티안이었다. "이건 압니다." 그는 반갑다는 듯이 말했다. "디즈니 만화영화에 나왔던 개잖아요."

불테리어에 비하면 어느 정도 나은 편이었지만 내가 좋아하는 견종 안에는 들어 있지 않았다. 차분하지 못하고, 쓸데없이 짖을 것 같은 점이 마음에 들지 않았다. 그렇지만 그 개를 기를 사람은 그지 내가 아니다. 내가 이러니저러니 말할 일은 아니다. 또한 기르다 보면 의외로 아주 멋진 개가 될지도 모를 일이었다.

내가 소개를 해서 그는 태어난 지 두 달 된 수컷 달마티안을 손에 넣었다. 값은 내가 생각했던 것보다 쌌고, 그가 예상했던 것보다는 약간 비쌌다.

"이것으로 외로움이 잊힌다면 싼 거지." 내가 말하자 "그건 그렇네요." 하며 그는 말했다. "이 녀석에게 좋은 이름 좀 지어주시죠."

예전에는 역마차와 함께 달렸던 개니, 서부극 시대의 그 유명한 강도단 우두머리인 '제시 제임스'에서 따와 '제시'로 이름 지었다. 하지만 실제로는 거친 이미지와 정반대라, 나로서는 아주 불만스러웠다. 하지만 그는 제시를 맹목적으로 좋아했다. 자신보다도 제시를 더 사랑한 것은 아닐까.

외출할 때에도 그는 제시와 함께였다. 제시는 그의 품에 안겨 점퍼 속에서 가늘고 흐리멍덩한 얼굴을 내밀고 있었다.

"그렇게 하고 있으면 진짜 부모 자식 같다니까?" 나는 놀리곤 했다.

그렇기는 하지만 그에게 개를 기르게 한 것은 정답이었다. 너무나도 생기가 넘치게 되었기 때문에. 나는 그가 그대로 제시와 새로운 인생으로 나아갈 것이라고 생각했다. 그래서 상처가 나았을 무렵에는 괜찮은 결혼 상대와 사귀고 있을 거라고. 그런데 생각대로 풀리지는 않았다. 얼마 안 있어 사태가 갑자기 바뀌어 예상조차 하지 않았던 결론이 난 것이다.

그는 전 부인과 본래의 관계를 회복해 또다시 같은 아파트에서 생활하게 되었다. 그는 싸구려 연애영화에서도 사용하지 않는 경박한 대사를 입에 담았다.

"저는 역시 그 여자밖에 사랑할 수 없나 봐요."

하긴 누가 뭐라고 하겠는가. 본인이 좋다니 내 알 바는 아니다. 문제는 제시였다. 그는 제시를 쫓아내지는 않았지만, 부인이 돌아옴으로써 이전만큼 소중히 다루지 않게 되었다. 머리를 쓰다듬고 끌어안아 주기는 했지만 산보를 시키는 횟수가 부쩍 줄어들고 말았다. 그 탓에 개는 사지를 펴지 못하게 되었다.

나는 그에게 거듭 충고했다. 먹이도 중요하지만 운동은 더 중요하다. 그는 대답만 하고 실행으로 옮기지는 않았다. 보통 개보다도 훨씬 발랄한 달마티안을 아파트 한 방에 가둬 방치했다. 제시는 부쩍부쩍 살이 쪄, 달마티안이라기보다 불테리어를 닮아 갔다. 다리가 휘고 뱃살이 출렁거리는 달마티안이라니……. 제시를 볼 때마다 나는 어지럼증을 느꼈다.

눈가림의 세계에 틀어박혀 싸구려 미의식에 매달려 살아갈 수밖에 없는 그는 마침내 현실파인 나를 어려워하게 되었다. 어느 것이 진실이고 어느 것이 거짓인지를 하나하나 지적하는 남자 옆에 더는 있을 수 없게 되었을 것이다. 나는 그를 가만히 두기로 했고, 될 수 있으면 가까이하지 않으려 했다. 제시가 어떻게 되든 그것은 그의 책임이었다.

어느 겨울 날, 그에게서 불쑥 전화가 걸려 왔다.

"제시가…… 제시가……"라고만 하고 그는 입을 다물고 말았다. 울고 있었던 것이다. 제시가 죽었다. 그렇다 치더라도 잘도 우는 사내였다. 원래 이런 유형의 남자 눈물은 여자의 그것과 별반 다를 게 없기 때문에 너무 진지하게 받아들이지 않는 편이 좋다. 속셈이 없는 경우라도, 우는 일에 취해 있기도 하기 때문에 충분히 주의를 하지 않으면 안 된다.

잘 우는
요즘 남자들

그만 그런 것이 아니라 일본 남자는 잘도 운다. 다 큰 남자가, 나이 지긋한 남자가 많은 사람 앞에서 눈물을 흘린다. 운동선수, 예능인, 정치가가 대표적이다. 세상 사람들 또한 그들이 우는 모습을 보고 싶어 한다. 그리고 같이 울기도 한다. 우는 것을 아주 좋아하는 국민인가 보다.

소설가가 되기 전에 근무했던 회사 사장은, 경영 악화로 이러지도 저러지도 못하게 되었을 때 사원들을 모아 놓고 울었다. 그가 울기 시작하자 놀랍게도 야유가 딱 멈추었다. 변명으로도 설명으로도 먹혀들지 않았는데 말이다. "운다고 어떻게 되겠어?!"라고 큰소리친 나를 주변 사람들은 째려보았다. 그런 반응에 나는 깜짝 놀랐다. 그렇게도 야단법석을 피웠던 중요한 문제였건만 사장의 눈물로 끝이라니……. 엄청난 배신을 당한 느낌이었다.

어느 잡지 편집장이 울었던 일도 생각난다. 그는 추궁을 당하면 대답을 하지 못하고 눈물을 흘렸다. 엉터리로 대충대충 일을 한 탓에 책임을 져야 할 일이 생기면 울어서 넘어가려고 했다. 울어서 모든 것을 흐지부지하게 만들어 그 문제의 막을 내리려고 한다. 일본 사회에서 남보다 위에 서려는 남자는 일을 잘해야겠다고 각오하기 전에 먼저 우는 연습에 힘써야 할까. 때를 맞춰 잘 울 수 있는 남자야말로 출세하는 것일까.

책임자가 울면 문제는 아직 해결되지 않았는데도 관계자마다 "그 사람 실은 괜찮은 사람이야"라느니 어쩌느니 중얼거리면서 그냥 넘겨 버린다. 운 당사자도 다음 날에는 이미 회복되어 태연한 얼굴로 평소대로 생활을 하는 것이다. 그 후 거듭 같은 실수를 하고, 몇 번이고 울고, 몇 번이고 용서를 받는다. 무사태평한 자들이라고나 할까, 교활한 자들이라고나 할까, 부끄러움을 모르는 사내들이라고나 할까.

전쟁에 졌다고 울고, 시합에서 졌다고 울고, 시험에 떨어졌다고 울고, 일을 그르쳤다고 울고, 여자에게 차였다고 울고, 마지막에는 살아 있는 증거라며 운다. 그중에는 울고 싶어서 우는 사내도 있다. 그들은 아무도 보고 있지 않을 때에는 결코 울지 않는다. 보는 사람이 많으면 많을수록 더 열심히 운다. 다른 사람의 시선을 의식해서 흘리는 눈물이란, 여자나 아이들 눈물과 다를 바가 없다. 말하자면 그들은 남자가 아닐 뿐만 아니라 어른도 아니다. 남자도 어른도 아닌 패거리가 모여, 성인 남자만이 할 수 있을 법한 일을 하려는 것은 얼토당토않다. 얼토당토않든 어떻든 이런 식으로 일본은 세계 어느 나라보다도 지금 단계에서는 그럭저럭 잘하고 있다. 놀라운 일이다. 이 번영을 유지하고 있는 것은 가식적인 눈물을 흘릴 줄 아는 남자들의 힘일까. 그런 뻔뻔스러움이 없다면, 자원이 없는 이 자그마한 나라를 번영시키기란 도저히 불가능한 것일까.

잘 우는 유형의 남자는 뭐니 뭐니 해도 문학 관계자들이 아닐까. 소설가도, 시인도, 편집자도, 평론가도, 팬도 울고 싶어 한다. 울지 않으면 문학을 이해하지 못한 것으로 믿는지, 울기 위해 태어난 것인지, 우는 것이 일의 일부인지 잘 알 수는 없지만 아무튼 잘 운다. 기괴한 인종이다.

편집자가 신주쿠에 있는 바로 나를 억지로 끌고 갔을 때다. 문을 열고 그 좁은 가게 안으로 한 걸음 내딛은 순간, 나는 흠칫하고 말았다. 카운터에 달라붙어 있던 남자 모두가 한 손에 술잔을 들고 울고 있었던 것이다. 주르르 눈물을 흘리고 있었다. 이유가 뭘까 하고 잠시 상황을 살폈는데, 별일은 아니고 가게 안에 흐르고 있는 노래가 멋지다는 것이다. 4, 50이나 된 어엿한 아저씨들이 시시콜콜한 유행가에 감동해서 울고 있다. 나중에 들어서 알게 된 것인데 그들은 모두 문학 관계자. 그때 나는 생각했다. 이런 자들에게 넘어가 이들이 좋다고 봐주는 소설을 쓰다가는 끝이다.

비만 달마티안의
죽음

제시의 시체는 일단 우리 집으로 옮겨졌다. 제시를 싼 담요를 열어 보니 어린이용 장난감도 있었다. 제시 몸은 아직 굳지 않았고, 온기가 약간 남아 있었다. 사인은 분명치 않았지만, 운동 부족이 원인일 것이다. 그곳에 누워 있는 것은 달마티안이 아니라 돼지가 아닌가 생각됐을 정도다. 개 주인은 여전히 훌쩍거리고 있었다. "사내자식이 울기는?!" 나는 꾸짖었다. "자네는 그러고도 사낸가?"

지금 와서 생각하면, 그때 그가 흘린 눈물에는 비극의 주인공인 체하는 것 외에 자신을 내가 동정하게끔 만들어 제시를 묻는 일을 돕도록 하려는 속셈이 숨어 있었던 것 같다. 만약 그렇다면 나는 그 손에 감쪽같이 놀아나고 만 셈이다. 나는 삽과 곡괭이를 준비하고 지프 바퀴에 체인을 감았다. 그는 제시를 안고 조수석에 앉았다.

"어디로 가십니까?" 그가 물었다.

"강변에 묻기로 하지." 나는 말했다.

"산에 묻고 싶습니다만."

"눈 때문에 힘들어."

강변의 눈도 상당히 깊어 지프로도 들어갈 수 없었다. 우리는 걸었다. 나로서는 제시를 근처 어딘가에 빨리 묻어 버리고 집으로 돌아가 고타쓰(炬燵)에 파고들고 싶었다. 그런데 그는 "좀 더 좋은 자리에 묻어 주고 싶습니다" 하며 고집을 부렸다. 넓은 설원을 누비며 이쪽에서 허둥지둥, 저쪽에서 허둥지둥. 땀투성이가 되었다. 이윽고 제시 몸에서 피가 흘러내려 눈 위 여기저기에 붉은 얼룩이 졌다. 사람이 죽었을 때에도 그렇게 되는 일이 있다. 장례식이 시작되고 나서 피가 흘러내려 관계자를 당황하게 만들었다는 이야기를 들었다.

그는 힘없는 목소리로 말했다.

"저는 제시를 좋아했습니다."

"나는 싫어했어." 나는 딱 잘라 말해 주었다. "자네를 닮은 구석이 있어서 말이야. 소심한 주제에 어딘가 능글맞은 것 같아서."

그는 잠자코 있었다.

"자네가 제시를 좋아했다는 건 새빨간 거짓말이야." 나는 말을 이었다. "제시는 자네가 죽인 거나 마찬가지야. 산보를 제대로 시켰으면 이런 일이 없었을 텐데."

하지만 그는 내 이야기를 전혀 듣고 있지 않았다. 이야기가 진지해지는 순간 들리지 않게 되는 편리한 귀를 가지고 있는 모양이었다. 끊임없이 누군가를 붙들고 상담하지만 그것은 그저 자신을 상대해 주기를 바랄 뿐인 연극인 것이다. 주위 사람의 주목을 끄는 것이 목적으로, 실은 마음 어디에도 고뇌 따위는 없다. 상담을 하기 전에 그들은 이미 스스로 답을 내려 놓았다. 그리고 그 답과 같은 말밖에 기대하지 않는다. 그 답 또한 실은 제멋대로 생각해 낸 것으로, 반성에서 나온 것은 아니다. 반성하지 않는 사람은 당연히 더 나아지지 않는다. 노력하려는 마음이 없는 자들은 쓸데없이 나이만 먹을 뿐 서서히 추악해진다. 인간이 지닌 가장 야비한 부분만 남는다. 아름다운 말로 그것을 숨기려 하지만 숨겨지지 않고 급기야 신용마저 잃어 상대해 주는 이가 없게 된다.

우리는 강변 잡목림 안으로 들어가 깊게 구덩이를 팠다. 일단 눈을 치우고, 얼어붙은 흙을 곡괭이로 파내 삽으로 조금씩 떠냈다. 오랜 시간이 걸렸다. 그곳은 봄이 되면 맑은 물이 흐르고 들새들이 지저귀는 소리가 넘치는, 사람은 거의 접근하지 않는 안전한 장소였다. 제시를 묻자 그는 또다시 울었다. 나는 진저리가 났다. 그래서 다시 한번 일러 주었다.

"제시를 죽인 건 자네야. 잊지 말라고."

그는 흐느껴 울었다.

"자네 같은 인간은 말이야." 나는 말했다. "개니 뭐니 키울 자격이 없어. 하찮은 여자한테 놀아나고, 비참하고 굴욕적인 꼴을 당하는 것에서 쾌감을 느끼는 인간이야."

　그런데 얼마 후 그는 다시 개를 길렀다. 어딘가에서 잡종 강아지를 얻어 와서는 좁은 아파트에 가두었다. 나는 더는 아무 말도 하지 않았다. 이런 남자에게 개는 애완용 동물로서의 의미밖에 없다. 당사자는 어떻게 생각할지 모르지만 결과적으로는 학대하는 것과 마찬가지였다. 그것은 한편으로 "먹고 싶어 하는데 안 주면 불쌍하잖아요"라며 자식을 비만아로 만들어 버린 엄마들 모습과 비슷하다.

◇

이런 개가 안내견이라니!

◇

래브라도레트리버라는 혀가 꼬일 것 같은, 까다로운 이름의 견종이 있다. 이 개와 유사한 종류로 골든레트리버라는 것도 있다고 하는데 실물은 아직 본 적이 없다.

래브라도레트리버를 만난 것이 벌써 10년 전이다. 그 이후 계속 마음에 걸려 하던 견종이었다. 바로 그 악명 높은 T축견이 여론의 집중포화를 받고 급격히 기울기 시작한 무렵의 일이다. 사들인 건지 부탁을 받은 건지는 알 수 없지만, 어느 업자가 T축견의 개를 대량으로 떠안아 여기저기로 팔러 다니고 있었다. 그를 배후에서 조종한 것은 아마 T축견 지사였을 것이다. 그저 T축견이라는 이름만 숨기면 팔 수 있다고 생각한 것일까.

그는 내가 있는 곳으로도 찾아왔다. 나는 호의적으로 대하지 않았다. 그러자 그는 "그럼 한번 보기라도 하시죠"라며 끈질기게 권했다. 물론 나는 그 사람처럼 비위를 잘 맞추는 사내의 말 따위는 전혀 믿지 않는다.

그는 말했다.

"이런 기회는 두 번 다시 없습니다. 두 번 다시는요."

"개는 언제든지 살 수 있죠." 나는 말했다.

"하지만 이번에는 온갖 견종이 다 준비돼 있다니까요. 게다가 쌉니다. 30퍼센트 이상 할인해 드립니다."

"싸긴 싸네요." 나는 말하며 빙긋이 웃었다. "그래도 T축견 아닌가요?"

그는 순간 난감한 표정을 지었다. 하지만 강인한 장사꾼이라는 사실을 말해 주기라도 하듯이 잽싸게 표정을 바꿔서는 이렇게 말했다.

"실은 그렇습니다. 그래서 싸게 살 수 있다는 거죠. T축견의 개 전부가 병에 걸려 있는 건 아니니까요. 개중에는 어지간한 애완동물 가게에서는 절대로 손에 넣을 수 없는 멋진 강아지도 있다니까요. 제가 이번에 팔고 있는 건 전부 그런 겁니다."

그가 무슨 말을 어떻게 하든 나는 결코 믿지 않았다. 하지만 '온갖 견종'이라는 한마디는 마음에 들었다. 보는 건데 어떠냐고 생각했다. 처음부터 눈요기할 생각으로 가면 화도 나지 않을 것이다.

나는 다음 날 집을 나섰다. 상상한 대로였다. 그의 집 뒤쪽에 있는 지저분한 공터에 수많은 강아지가 너저분하게 마치 잡동사니처럼 내팽개쳐져 있거나 좁은 상자에 갇혀 있었다.

병에 걸린 강아지가 대부분이었다. 한눈으로 보고 나는 후회했다. 역시 오는 게 아니었다. 하지만 곧바로 돌아가려고 하지 않은 것은 그곳에 래브라도레트리버 성견이 한 마리 섞여 있었기 때문이다. 설명을 듣기 전까지는 잡종으로밖에 보이지 않았다. T축견이 드디어 잡종까지 파는구나 싶어 기가 막혔다. 아무튼 그것은 수수한 개였다.

성견인 그 래브라도레트리버는 태도가 참으로 멋졌다. 온순하고 차분한 데다 우아했다. 그놈은 불쌍한 강아지들을 돌보고 있었다. 낑낑거리는 강아지를 달래고, 제멋대로 아무 데나 갈 것 같은 강아지를 말리고, 수상한 사람이 다가오면 으르렁댔다. 듣기로는 하루 종일 그렇게 해서 강아지들을 지켜 주고 있다고 한다. 특별한 훈련을 받은 것도 아닌데. 나는 크게 감동했다. 하지만 사는 데까지는 이르지 못했다. 당시 내 머리는 셰퍼드로 가득 차 있어 도저히 다른 견종이 파고들 여지는 없었던 것이다.

맹인 한 명당
안내견 한 마리씩

그로부터 10년이라는 세월이 눈 깜짝할 사이에 흘렀다. 그 사이에 나는 어디에 홀린 것처럼 이런저런 종류의 개를 길렀다. 이상적인 개를 찾고자 했다. 그렇게 해서 조금씩 눈을 떠, 좋은 개란 어때야 하는지, 좋은 주인은 어때야 하는지 정도는 약간 알게 되었다. 그러자 다시금 머리에 떠오른 것이 바로 이 수수한 래브라도레트리버였다.

개를 선택할 때 가장 주안점을 두어야 할 것은 겉모습보다 '능력'이다. 그런 너무나 당연한 해답을 얻기까지 나는 너무 먼 길을 돌아서 왔다. 개뿐만이 아니라 다른 일에서도 똑같은 바보 짓을 저질러 왔다. 조금 냉정해져서 간단히 계산만 해 봐도 곧바로 알 수 있는데, 그렇게 하지 않았다. 그럼으로써 잇달아 실패했다. 청춘이 사라지고 나서 얼마 안 있어 그것을 확실히 깨달았다. 하지만, 변명하는 것은 아니지만, 일일이 계산을 해서 사는 그런 날들은 청춘 그 어느 것도 아닐 것이다.

래브라도레트리버에 주목하게 된 계기에는 맹인 안내견이라는 점도 있을 것이다. 이런 시골 마을에서도 이따금 레트리버를 동반한 맹인을 목격하게 된다. 개의 헌신적인 태도를 볼 때마다 감동을 받는 것이 나 혼자만은 아닐 것이다. 그것이 개이기 때문에 좋은 것이다. 컴퓨터가 딸린 지팡이도 소용이 없고, 개보다 우수한 맹인 안내로봇이 개발되더라도 소용없을 것이다. 맹인에게 중요한 조건은 길을 안전하게 걸을 수 있게 하는 것 외에 분명 더 있다.

맹인 안내견에 대해서는 하고 싶은 말이 있다. 맹인 한 사람당 안내견 한 마리를 무료로 제공해야만 한다. 맹인 안내견 훈련소를 일본 각지에 만들고, 수많은 훈련사를 국가공무원으로 채용해 뛰어난 안내견을 계속 사회에 내보내야 한다. 그럼으로써 개를 동반하지 않은 맹인이 한 사람도 없어지게 되면 이 나라를 조금 다시 봐줘도 좋다. 그때까지는 선진국이라고, 복지국가라고도 생각하지 않는다. 그렇게 어려운 일은 아닐 것 같은데 국가는 왜 하지 않는 것일까. 전혀 도움이 될 것 같지 않은 비싼 무기는 잔뜩 사들이거나 게으름뱅이들 뒤치다꺼리 같은 일에는 세금을 아낌없이 퍼붓는 주제에.

검은 래브라도레트리버

도사견인 류가 죽은 후, 우리 부부는 예전처럼 허탈해져 차우차우인 구마만 보면서 한동안 멍하게 살았다. "개는 이제 질색이다"고 중얼거리고, 아내도 "그러게요"라고 말했지만, 그것은 보통 때의 일이고, 마침내 기운을 차리게 되면 또다시 나쁜 버릇이 머리를 쳐들었다.

개 잡지를 보고 있던 아내가 갑자기 얼빠진 소리를 질렀다. "보세요, 여기." 아내가 광고 페이지를 손가락으로 가리켰다. 한 페이지 가득 셰퍼드 훈련소 광고였다.

"셰퍼드에는 이제 흥미가 없다니까." 나는 말했다. "그게 아니고, 여기를 보세요, 여기를." 아내의 말에 유심히 보자 그 페이지 구석에 이런 문장이 실려 있었다. 검은 래브라도레트리버를 팝니다. 나는 아내 손에서 잡지를 낚아채 다시 몇 번이고 읽었다. 래브라도레트리버가 근사하다는 것은 알았어도 기르는 데까지 이르지 못한 것은 색깔과 모습 탓이었다. 특히, 흐리멍덩한 크림색이 싫어서 선뜻 마음이 내키지 않았다. "이걸로 털색깔이 검으면 좋을 텐데"라고 아내에게 말한 적이 있다. 그런데 검은 래브라도레트리버가 실제로 있는 것이다. 게다가 팔려고 내놓았다. 장소도 그리 멀지 않다. 이웃한 현이기는 하지만 당일치기도 가능하다.

"좋아, 사자." 나는 말했다. "이걸로 마지막이다. 이 개를 길러서 별로라면 앞으로는 구마만 데리고 살자." 아내도 수긍했다.

나는 곧바로 그 훈련소로 전화를 걸어 정말 검은 레트리버가 있는지 확인했다. 틀림없었다. 가격도 싸다. 믿기 힘들 정도였다.

청명한 일요일이었다. 우리는 그곳으로 나섰다. 마음에 들면 사기로 했지만 이미 사는 쪽으로 크게 기울어 있었다. 오랜 시간 운전을 했다. 가는 길에 점심을 먹은 뒤 국도를 벗어나 산속으로 들어갔다. 산을 두세 개 넘고 다시 안으로 안으로 들어가자 마침내 훈련소가 보이기 시작했다. 멋진 훈련소였다. 건물이 컸다. 부지도 넓고, 주변은 조용했다. 더할 나위 없는 환경이었다.

나는 아내에게 말했다. "여기라면 믿을 수 있겠군." "그렇네요." 아내는 말했다.

그곳에서는 많은 훈련사가 이런저런 셰퍼드를 떠맡아 돌보고 있었다. 개 주인들이 가족과 함께 자기 개를 보러 와 있었다. 하지만 우리는 셰퍼드에게는 눈길도 주지 않았다. 이윽고 우리 앞에 검은 래브라도레트리버 강아지가 옮겨져 왔다. 건강해 보였다. 마음에 들었다. 그 자리에서 사기로 했다.

"레트리버 강아지는 처음에는 정신이 없을 겁니다. 셰퍼드보다 더 부산스러울지 모릅니다."

하지만 나는 그 충고를 순순히 받아들이지 않았다. 이곳에서는 셰퍼드에 중점을 두어 아무래도 레트리버보다 셰퍼드를 더 팔고 싶어 할 것이라고 생각했다. 그 자리에서 나는 돈을 내고, 강아지를 종이상자에 넣어 차에 싣게 했다.

이런 개가
안내견이라니!

이름은 '구로'라고 지었다. 구로는 그날로 우리와 친해져 먹이도 듬뿍 먹고 잠도 푹 잤다. 좋은 개를 손에 넣었다. 어쩌면 이 개야말로 이상적인 개일지 모른다고 생각했다. 하지만 그런 달콤한 기대는 머지않아 무너지고 말았다. 앞서 들은 충고가 거짓말이 아니라는 것을 깨달았다. 구로는 참으로 부산스러웠다. 눈을 뜨고 있는 동안은 끊임없이 뛰어다니고, 짖어 대고, 장난을 쳤다. 활발하다면 활발하다고 볼 수 있지만 그것도 정도 문제였다. 맹인 안내견으로 쓰이는 개라고는 도저히 생각할 수 없었다. 때가 되면 틀림없이 차분해질 거라고 기대했지만 우리는 연이어 배신을 당했다. 반년이 지나고, 일 년이 지나고, 성견에 가까워지면 가까워질수록 심해지기만 했다. 솔직히 말하면 참으로 쓸모가 없는 개였다. 간사한 지혜가 많다고나 할까, 질이 좋지 않다고나 할까. 끊임없이 새로운 장난을 생각하고 실행에 옮겼다. 좋게 보면 머리가 좋은 녀석이었다.

구로는 일단 구마의 먹이를 가로채는 방법을 익혔다. 그것도 힘으로 뺏는 것이 아니라 속임 동작을 취하는 방법이었다. 구마를 한눈팔게 한 다음 그 틈에 잽싸게 낚아챘던 것이다. 혼을 내면 물러서고 만만한 표정을 지으면 기어올라 마치 좀스러운 사기꾼이나 보잘것없는 여자와 같은 개였다. 나는 그런 기질이 마음에 들지 않았다.

구로는 또한 개집 자물쇠 여는 법을 익혔고, 아내가 개집 문을 열 때면 개집 밖으로 도망칠 줄도 알게 되었다. 그렇지만 개집에서 나오더라도 멀리까지는 가지 않고 부르면 다시 돌아왔다. 이어서 구로는 헛간에서 온갖 물건을 끄집어내 장난감으로 삼는 법도 익혔다. 헛간 문을 닫아 두어도 열고 말아 손쉽게 열리지 않도록 해 놔도 어떻게 해서든 열려고 궁리를 했다. 그 연구열과 집요함이 그저 놀라울 따름이었다.

하지만 나는 마음에 들지 않았다. 가장 마음에 들지 않았던 것은 시도 때도 없이 짖어 대는 일이었다. 지금껏 기른 개 중에서 가장 많이 짖었다. 보통 개라면 야단을 맞은 후에는 한동안 잠자코 있는 법인데도, 구마라는 녀석은 내가 호통을 치면 칠수록 더 짖었다. 개집에 들어가 후려 패도 효과는 없었다. 간혹 너무 조용하다 싶어 들여다보면 터무니없는 장난을 치고 있었다.

어느 날 나는 겨울 준비를 하고 있었다. 툇마루 아래의 바람 구멍을 종이테이프로 막는 일이었다. 그렇게 하지 않으면 아무리 난방을 하더라도 소용이 없다. 북풍이 불 때마다 추위에 떨고 만다. 내 모습을 본 구로는 개집 밖으로 나오고 싶어 격렬하게 짖었다. 너무나 시끄러웠기 때문에 나는 구로를 나오게 해준 다음 다시금 그 단조로운 작업을 계속했다. 구로는 집 주변을 기분 좋다는 듯이 뛰어다니고 있었다. 앞으로 구멍 두 개 정도만 막으면 끝날 시점에 나는 번쩍 정신이 들었다. 북, 북 하는 소리가 들려왔기 때문이다. 나쁜 예감이 들었다. 소리 나는 쪽을 보았다. 아니나 다를까. 구로가 바로 그곳에 있었다. 내가 종이테이프로 막은 구멍에 앞발을 처박아 찢고 있었던 것이다. 전부 새로 시작하지 않으면 안 되었다.

나는 마침내 폭발했다.

"이런 개가 맹인 안내견이라니! 정말 어처구니없는 멍청한 개구만!"

내가 그렇게까지 화를 낸 것은 구로와 성격이 아주 비슷한 남자를 알고 있었기 때문이다. 그 남자는 지나칠 정도로 밝고, 차분하지 못하며, 부산스러웠다. 사소한 것을 궁리하는 데에는 누구보다 뛰어났지만, 정작 중요한 일을 할 때는 전혀 머리가 돌아가지 않았다. 빈틈이 많고, 촐랑대며 돌아다니기를 잘했고, 밑

이 빠져 있어 속셈을 단박에 간파당해 아무에게도 신뢰를 얻지 못했다. 말하자면 잔챙이로, 그 사람과 어울리는 자들은 결국 그 사람을 심부름센터 정도로밖에 여기지 않았다.

구로가 짖을 때마다 나는 그 남자가 떠올라 벌컥 화를 냈다. 하나에서 열까지 똑같았다. 아내는 나보다는 구로를 마음에 들어 한 것 같지만, 아내도 실망한 것은 분명하다. 적어도 맹인 안내견 이미지가 깨진 것은 사실이니까.

"아주 까불대는 놈이네." 나는 말했다. "까불대는 것도 도를 넘으면 바보지." 구로는 개집 안에 있는 내내 짖어 댔다. 고양이가 근처를 지나갔거나 수상한 사람을 발견했거나 하는 이유로 짖는다면 그래도 이해가 간다. 짖을 이유 따위가 전혀 없는데도 짖는 것이다. 구로가 노리는 것을 알고 있다. 밖에서 마음껏 날뛰고 싶은 것이다. 하지만 그런 무책임한 개 주인은 될 수 없다. 풀어서 키우면 무슨 짓을 할지 모를 일이다.

나는 산보 양을 늘려 보았다. 평소의 배로 하여 녹초가 될 때까지 뛰도록 만들었다. 그런데 구로는 예상외로 튼튼해 전혀 피로를 몰랐다. 산길을 3시간이나 달렸는데도 또 뛰어다니고 짖어 댔다.

우리는 넌더리가 났다. 낙담한 것이 아니라 넌더리가 났다. 앞으로 얼마를 더 기르면 맹인 안내견 절반 정도의 침착성이 나올지 모르지만, 도저히 그때까지는 기다릴 수 없었다. 이쪽 신경이 기다리지 못할 것 같았다. 과묵하고 집에 틀어박혀 있는 타입을 젊은 사람들은 '네쿠라(천성이 어두운 사람-옮긴이)'라며 깔보거나 싫어하는 모양이지만, 그 반대로 너무 지나치게 밝은 타입에도 두 손을 든다. 결국 구로는 '네아카(천성이 밝은 사람-옮긴이)'일 것이다. 구마는 네쿠라이고, 낮부터 방에 틀어박혀 소설 따위를 쓰고 있는 나 또한 분명 네쿠라이다. 그래서 나도 구마도 구로를 싫어하는 것이다. 구마는 늘 구로를 '이 바보 같은 개'라는 눈으로 보고 있었다.

거래된 구로

어느 날 산장을 경영하고 있는 친구 부부가 놀러 와, 구로를 보자마자 이런 말을 꺼냈다.

"좋겠다. 이런 개 한번 길러 봤으면."

나는 그 자리에서 말했다.

"가지고 싶으면 가지고 가."

두 사람은 믿을 수 없다는 듯한 표정으로 나를 보았다. 그리고 내가 진심으로 말하고 있다는 것을 알자 어린애처럼 순진하게 좋아했다. "나는 이 개가 엄청 싫거든"이라고 친구에게 말해 주었다.

"어째서?"라고 묻는 친구.

"짖어서 넌더리가 났어." 나는 말했다. "게다가 성격이 안 맞아."

그는 웃었다. 그의 부인도 웃었다.

"이런 개라도 괜찮다면 언제든 주지." 나는 다시 한번 말했다.

그는 받겠다고 했다. 그 편이 구로를 위해서도 좋을 것이다. 미움을 받으면서 자라느니, 사랑으로 길러 줄 사람 손에 맡겨지는 것이 분명 행복한 일이다. 하지만 친구에게는 사정이 있어서 곧바로 구로를 데려갈 수 없었다. 이미 기르는 개가 있어 두 마리를 한꺼번에 기를 여유는 없다는 것이다. 친구는 그 개를 아주 싫어했다. 내가 시바이누를 좋아한다면 문제는 한꺼번에 해결될 일이었다. 구로와 시바이누를 교환하면 되기 때문이다.

나는 친구에게 어째서 그 개를 싫어하는지 물었다. 친구는 예전에 길렀던 개와 그 시바이누를 아무래도 비교하고 말아 어딘지 불만스럽다고 말했다. 게다가 이전 개가 검은 놈이어서 구로를 보니 다시 기르고 싶어졌다는 것이다. 인간은 참으로 제멋대로다.

나는 말했다.

"그럼 이렇게 하지. 내가 그 시바이누를 맡아 줄 사람을 찾아볼게. 그렇게 하면 구로를 기를 수 있잖아."

"그렇게 쉽게 될까." 친구는 말했다.

그런데 일이 쉽게 된 것이다. 낚시 도구 따위를 파는 가게 앞을 지나갈 때 시바이누 강아지를 유심히 바라보는 남자가 있었다. 나는 그 사람에게 말을 걸었다. "그렇게 개를 좋아하세요?"

"네." 그 남자는 말했다. "하지만 비싸서 사질 못합니다."

그 즉시 나는 말했다.

"다 큰 시바이누라도 괜찮다면 드리지요. 돈은 필요 없습니다."

"정말입니까?" 그 남자는 말은 했지만, 반신반의하는 눈치였다.

나는 그를 친구 집으로 데려가 시바이누를 보여 주었다. 시바이누는 그 사람 집으로 가게 되었다. 친구는 개집을 만들고 나서 구로를 데리러 왔다. 이로써 모든 문제가 술술 풀린 것이다. 아니, 너무 잘 풀려 약간 느낌이 좋지 않았다. 걱정한 대로였다. 시바이누 쪽은 전혀 문제가 없었는데, 구로 쪽에선 문제가 잇달아 일어났다. 우리 집에 있을 때보다 더 심하게 짖고, 게다가 사람에 대해 적의까지 보이게 되었다는 것이다.

친구는 찾아와서 감당할 수가 없다고 했다. 나는 구로를 다시 맡아 예전 개집에 도로 넣었다. 구로는 다시 마구 짖고, 장난을 치고, 점점 더 어쩔 수 없는 개가 되어 갔다. 나보다는 호의적이었던 아내조차 "이거 래브라도레트리버가 아닌 거 아닐까요?" 라고 했다. 의심하자면 의심하지 않을 수도 없었다. 너무 쌌고, 진짜와 비교하면 얼굴 또한 약간 가늘었다.

구로가 래브라도레트리버든 아니든 그런 것은 이미 아무래도 좋았다. 쓸데없이 짖는 것을 그만둬 줄지 어떨지가 중요했다. 하지만 그만두지 않았다. 얼마 안 있어 구로는 이웃 마을로 가게 되었다. 하지만 그곳에서도 곧바로 쫓겨났고, 또다시 얼마 안 있어 좀 더 먼 마을로 가게 되었다. 이후 내가 있는 곳으로는 다시 돌아오지 않았다. 아마 몇 번째 주인과는 잘 어울릴 수 있게 되었을 것이다. 뒷맛이 씁쓸했다. 나에게는 개를 기를 자격 따위가 없다고 생각했다. 구마를 끝까지 기르는 데에나 집중하고자 했다.

3년이 지났다. 구로는 어떻게 하고 있을까. 맹인 안내견처럼 차분해졌을까. 아니면 변함없이 마구 까불대고 있을까. 아니면 또 계속해서 새로운 주인의 손에 넘겨지고 있을까.

스피드광 구마

구마를 4륜구동차 조수석에 태우고 달리면 길을 가던 사람 모두가 돌아보고, 그 절반이 "앗, 곰이다!"고 소리친다. 특히 아즈미노로 놀러 온 관광객 대부분은 구마가 곰 새끼가 틀림없다고 제멋대로 단정 짓고 만다. 아마도 나가노 현에는 산이 많으니 곰 한두 마리를 차에 태우고 있어도 이상하지는 않다고 생각해서일 것이다. 아니면 진짜 곰을 본 적이 없어 약간만 닮아도 곰으로 취급하고 마는 것일까.

구마는 나를 닮아 상당한 스피드광이다. 느릿느릿 달리면 "뭘 꾸물대는 거지. 좀 더 내달리자고"라는 눈빛으로 나를 힐끔 노려본다. 기대에 응해 액셀을 꾹 밟으면 녀석은 창밖으로 커다란 몸을 내민다. 연기라도 하는 것 같은 표정으로 전방을 바라보며 파란 혀(차우차우의 혀는 잉크라도 핥은 것 같은 색이어서 진짜 곰과

비슷해 보인다)와, 목걸이에 감아 두른 화려한 색 스카프를 바람에
나부끼게 한다.

"앗, 곰이다!" 거리의 작은 외침 소리를 들을 때마다 녀석은
반사적으로 그쪽으로 얼굴을 돌려 '어째서 이자들이 내 이름을
알고 있지?'라는 듯한, 혹은 '내 이름을 함부로 부르다니!'라는
표정을 짓는다. 틀림없이 내가 늘 "곰, 곰"이라고 부른 탓이다.
돌아보는 정도라면 문제가 없는데, 너무 잘 보이려다 이따금 전
봇대 따위에 머리를 부딪혀 곤란해지는 것이다.

다행이라고나 할까. 차 속도는 늘 사람이 걷는 수준이어서 다
치지는 않았다. 그래도 정신적인 충격은 상당했는지 한동안은
조심을 했다. 전봇대가 늘어선 길로 접어들면 잽싸게 얼굴을 움
츠리는 정도의 신경은 썼다. 하지만 한 달도 지나지 않아 까맣
게 잊고 만다. 한번은 산길에서 나무에 부딪혀 창밖으로 굴러떨
어졌다. 나는 서둘러 차를 세우고 놀란 얼굴로 달려갔다. 구마
는 자기 몸에 일어난 일을 이해하지 못한 채 떨어진 지점에서
멍하니 서 있었다. 내가 달려들자 갑자기 정신을 차렸고, 무슨
생각을 했는지 전속력으로 멀리 도망을 가, 나는 열심히 뒤를
쫓았다. 구마가 사람 말을 할 수 있었다면 틀림없이 "이제 이런
생활 지긋지긋하다!"고 발악을 했을지 모른다.

가까스로 구마를 붙잡아 차로 데려온 나는 집에 도착하고 나

서 기나긴 설교를 해 댔다. 너무 겁 없이 창밖으로 몸을 내밀어서는 안 된다, 얼굴 정도라면 괜찮지만 몸을 절반 이상이나 내미는 것은 위험하다 등의 말을 엄하게 했지만, 구마는 무시한 채 가렵지도 않은 몸을 뒷발로 긁고 있을 뿐이었다.

사랑을
시험당한 부부

어느 여름에는 이런 일이 있었다. 평소처럼 남는 시간을 주체하지 못하는 나와 구마는 가까운 산길을 차로 달리고 있었다. 별장지 입구 근처까지 갔을 때 두 노인이 천천히 비탈길을 내려오는 것이 보였다. 이 고장 사람이 아니라는 것은 한눈에 알 수 있었다. 차림이 말쑥했고, 어딘지 모르게 세련되었으며, 기품조차 느껴졌다. 노부부는 아즈미노의 초여름을 만끽하면서 사이좋게 산책을 즐기고 있었던 것이다. 남편 쪽은 담뱃대를 물고, 부인 쪽은 유럽 귀부인의 몇 분의 1에 육박할 정도의 모습을 하고 있었다.

두 사람이 안전하게 지나가도록 하기 위해 나는 속도를 늦추고 길 우측 가장자리로 차를 바싹 붙였다. 부부는 조수석에 검은 생명체가 있음을 알아차리자마자 기겁을 하고 걸음을 멈췄다. 거기까지는 흔히 있는 일이다. 그런데 그 뒤의 반응은 예상외였다. 두 사람 얼굴에 삽시간에 공포의 빛이 떠올랐다. 길 왼쪽으로 비키기만 하면 충분히 지나갈 수 있었는데도 지금까지의 점잖은 태도는 단숨에 내팽개치고, 부끄러움이고 체면이고 아랑곳없이, 진짜 곰과 딱 맞닥뜨린 것 같은 모습으로 정신없이 잡목림 속으로 뛰어든 것이다. 그것도 부부애고 뭐고 다 필요 없다, 나만 살면 된다는 식으로 도망을 쳤다.

놀란 것은 내 쪽이다. 나는 망설였다. 차를 세워 "이건 개라니까요"라고 설명하면서 사과하는 것도 너무 호들갑이었고, 그렇다고 해서 그대로 말없이 사라지는 것도 부끄러운 짓이었다. 하지만 잡목림 저쪽에서 부들부들 떨고 있는 두 사람을 보고 있는 동안에 나는 풋 하고 웃음을 터뜨리고 말았다. 그 무례한 웃음은 쉴 새 없이 복받쳐 올라와 주체할 수 없게 되었고, 결국 도망치는 수밖에 없었다. 밤에 이불에 파고들었을 때에도 그 일이 떠올라 혼자서 큰 소리로 웃을 정도였다. 실컷 웃고 나서도 '그 노부부는 지금껏 그런 일에 그렇게나 겁을 내고, 필요 이상으로 조마조마해 하면서 살아온 건가' '그러기에는 너무 점잔 빼는 부부였는데….' '오랜 세월 두 사람을 이어 온 건 과연 뭐였을까' 등 이런저런 생각이 뒤섞여 다시 웃음이 났다. 폐를 끼친 것에 대한 반성은 끝내 하지 않았다. 나한테는 웃음거리더라도 그 두 사람에게는 심각한 사태로 이어지고 말았을 일일지도 모르는데 말이다. 바로 그 한 가지 일로 지금까지 잘 살아왔던 두 사람 사이에 심각한 균열이 생겨, 말하자면 "당신이 그렇게 겁쟁이인 줄은 여태껏 몰랐네요"라든지, "당신이야말로 혼자만 얼른 도망을 치고선"이라든지 하는 언쟁에서 시작해 이상한 결론으로……. 설마, 그럴 리야.

스피드광
구마

구마는 더는 드라이브를 즐길 수가 없다. 완전히 늙어 빠지고 말았다. 사람으로 치면 일흔에서 여든 살이다. 그래도 올 겨울 중반까지는 고집을 부렸다. 눈보라 치는 날에도 창밖으로 몸을 내밀어 얼굴을 눈으로 새하얗게 덮어쓰면서 스피드에 취해 있었다. 그런 무리가 빌미가 되어 어느 날 구마는 쓰러졌다. TV 앞에서 푹 고개를 숙이더니 끝내 머리를 들지 못했다. 내가 이름을 부르는 동시에 쓰러져 발작을 일으켰다. 혀를 내민 채 계속 거친 숨을 내쉬었다. 30분 정도 반복되었다. 이젠 가망이 없다고 생각했는데, 돌연 회복되어 며칠 후에는 쓰러지기 전 절반 정도의 기운을 되찾았다. 하지만 더는 예전 같지 않았다. 집 안에서도 매일 빈둥거리며 지냈다. 그래도 내가 외출 준비를 하면 갑자기 생기 넘치는 몸놀림으로 자신의 건재함을 과시했다.

◇

나는 검은 개가 좋다

◇

구마가 죽은 후 여기저기 마구 전화를 걸어 같은 모습의 개를 찾았다. TV 광고에 종종 등장하는 적갈색과 크림색 차우차우를 손에 넣기란 그다지 어려운 일은 아니다. 하지만 검은 놈이라면 그리 손쉽지가 않다. 이유는 인기가 없어서 수를 늘리려고 하지 않기 때문이다. 검은색을 싫어하는 사람은 이런 말을 한다. "표정이 또렷하지 않아서 재미가 없다" "어디가 머리고 어디가 꼬리인지 알 수가 없잖아" "곰과 너무 닮아서 개답지가 않네" 등 다양한 말을 늘어놓는다.

하지만 나는 검은 차우차우만 키우고 싶은 것이다. 최근 10여 년 동안 다양한 종류의 개에 손을 대 왔지만, 마침내 검은 차우차우로 결론을 내렸다. 그렇기 때문에 무슨 일이 있어도 구마의 뒤를 이을 개를 찾지 않으면 안 된다. 개 전문지에 광고를 싣고 있는 차우차우 사육가에게 전화를 걸어 보았다. 하지만 두루뭉술한 답변밖에 얻지 못했다. "검은 놈이요? 검은 놈 같은 걸 키워서 뭐 하시게요? 갈색으로 하시죠"라고 어떤 이는 말하고, 또 어떤 이는 "아아, 아깝네요, 지난달에 팔렸습니다"고 했다.

다시 검은 차우차우

물론 나는 포기하지 않았다. 얼마 안 있어, 다소 기대를 할 만한 이야기가 들려왔다. 한 달 뒤 태어날 예정인 강아지에 적어도 검은색이 한 마리는 섞여 있으리라는 소식이었다. 나는 기다렸다. 한 달 후 전화를 걸었다. 검은색이 두 마리 태어나긴 했는데, 한 마리는 이내 죽고 남은 한 마리도 계속 설사를 해 위험하다고 했다. 강아지를 구할 때 첫 번째로 볼 것은 겉모습이 아니라 우선 건강한지 어떤지 하는 점이다. 기력이 있고, 식욕이 왕성하고, 눈에서 빛이 나고, 앞발이 굵고, 움직임이 활발하면, 그 뒤의 것은 아무래도 좋다. 나는 도그 쇼를 휩쓸어 트로피를 모으는 취미를 갖고 있지 않고, 또한 내 개를 경찰 앞잡이로 일하게 해서 감사장 따위의 종잇조각을 넙죽 받을 그런 생각도 없다. 본디 자신도 대단한 인간이 아니면서 어떻게 개에게 많은 것을 바라겠는가. 어떤 책을 펴 읽어 봐도 차우차우는 튼튼한 개라고 서술되어 있지만 머리가 좋다고는 한 줄도 쓰여 있지 않다. 말하자면 장점이라고는 건강뿐이다. 따라서 병약한 차우차우 따위는 말도 되지 않는다.

그 강아지는 완전히 포기하고, 이번에는 다른 사육가에게 전화를 걸었다. 그는 "아아, 저희한테는 많이 있습니다. 검은 놈이 서너 마리 있죠"라며 태연하게 말했다. 나는 놀라고 기쁘고, 의심했다. 개를 살 때는 충분히 주의를 하지 않으면 안 된다. 상대가 풋내기라고 생각하면, "개 좋아하는 사람치고 나쁜 사람은 없다"는 등의 말을 입에 자주 올리면서 형편없는 개를 터무니없는 값에 강매하는 자들이 있다. 나는 '서너 마리'라는 그의 표현이 마음에 들지 않았다. 아무래도 허풍 같았다. 지금까지 종종 속아 왔기 때문에 나는 일단 그런 인상을 가져 버리면 뒷일을 계속 나쁘게 생각할 수밖에 없다. 목소리가 불쾌하다, 말투로 보아 신용할 수 없다는 식으로 해석해서 '위험한 상대다'고 일방적으로 정하고 만다. 그 사람과는 거래하지 말기로 굳게 마음먹었다. 하지만 유감스럽게도 그 시점에서 검은 강아지를 가지고 있는 사람은 그 사람 혼자여서 나는 망설인 끝에 다시 한번 전화를 걸었다. 그 사람은 자신에 찬 말투로 말했다. "그럼 이쪽으로 한번 와서 직접 눈으로 확인하는 게 어떻습니까?" 그는 내 마음속을 훤히 들여다보고 있었을 것이다.

　다음 날 나는 필시 그에 대해 잘 알고 있으리라 생각되는 사육가 몇몇에게 전화를 걸어 넌지시, 아니, 상당히 노골적으로 물어보았다. 역시 아무도 좋은 말은 해 주지 않았다. "그만두는 게 좋습니다." 딱 잘라 말하는 사람도 있었다. 그날 밤 나는 다시 생각에 잠겼다. 하지만 아무래도 검은 차우차우가 갖고 싶은 것이다. 그것도 바로 지금이다. 그 사람 주변의 동업자가 그에 대해 좋게 말하지 않는 것은 어쩌면 그 사람의 성공에 대한 질투일지도 모른다. 업계에서는 분명히 화려하게 활동하고 있는 남자다. 전문지에 매월 커다란 광고를 싣고 있다. 거기에 쓰이는 사진도 눈에 확 띈다. 분명 수완가다. 그렇지만 속임수투성이로 장사를 해서 과연 거기까지 올라설 수 있었을까. 애견가로 불리는 사람들을 계속 속이고도 오랫동안 버텨 올 수 있었을까. "직접 눈으로 확인하는 게 어떻습니까?"라고 그는 말했다. 그렇다. 그 사람도 그 사람의 개도 내 눈으로 직접 확인하면 되는 것이다.

가장 마음에 든 개

며칠 뒤 나는 아내를 데리고, 그 남자가 사는 이웃 현까지 차로 달렸다. 새벽 3시에 출발해 도착하니 아침 7시. 적어도 개에 관한 한 내가 그 사람을 믿을 마음이 생긴 이유는 멋진 문을 갖춘 집 때문이 아니다. 차우차우만을 취급하고 있고 그 수도 많다는 것 외에 개집을 아주 청결하게 유지하고 있었기 때문이다. 그렇게 많은 개를 기르고 있는데도 전혀 냄새가 나지 않았다. 그리고 어떤 개든 다 기운이 넘치고 하나같이 훌륭했다. "바로 보고 싶습니다." 내가 말하자 여자분이 강아지를 안고 왔다. 틀림없이 태어난 지 두 달 된 검은 수컷 차우차우였다. 얼굴 생김새도 좋았다. 구마보다 모든 점에서 나았다. 가격은 비싸지도 싸지도 않았다. 원래 개 값은 의미가 없는 거나 마찬가지다. 사는 사람이 타당하다고 생각하면 그것이 제값이다.

우리는 강아지를 데리고 차에 올랐다. 그 남자는 손을 흔들어 주었다. 그 사람 모습이 보이지 않게 되고 나서 나는 아내에게 말했다. "여보, 이 녀석은 우리가 손에 넣은 개 중에서 가장 나을지도 모르겠는데." 아내도 만족스러운 얼굴로 크게 고개를 끄덕였다. 이어서 나는 말했다. "그 남자에 대해 이렇다 저렇다 하는 것은 그 사람이 수완가이기 때문에 그래. 그 사람, 딱 부러지게 개 키우는 거 봤지? 어떤 개 주인도 그렇게는 하지 못하지.”

개 이름은 언제나처럼 내가 지었다. 좀체 좋은 이름이 떠오르지 않아 반은 농담으로 “돈구리(도토리란 뜻-옮긴이)로 하자. 돈구리 마루야마 어때?”라고 하자, 아내가 아주 진지한 표정으로 “그거 좋네요”라고 소리쳤다. 나로서는 약간 반감이 있었지만, 구마라는 이름만 하더라도 그리 대단한 것이 아니었기 때문에, 앞으로도 계속 재미있는 이름을 짓기로 했다. 태어난 지 6개월 된 돈구리는 지금, 마당에 있는 산비둘기며 물까치에게 트집을 잡아 싸움을 걸고 있다.

개 라 서
미 안 해

‘돈구리 마루야마’는 앞서간 구마보다는 좀 더 마음에 든다. 왜 검은 차우차우가 좋은가 하면, 크림색이나 적갈색은 겉모습은 좋지만, 역시 개로밖에 보이지 않고 개 이상의 무엇으로 보이는 일이 없기 때문이다.

그런데 사람들은 검은 차우차우를 이따금 곰과 혼동한다. 특히 진짜 곰을 유심히 본 적이 없는 사람, 또는 아즈미노에서 싸구려 꿈과 낭만, 여기에 이성과의 우연한 만남 따위까지 찾아 헤매는 도시의 젊은 여자들은, 조수석에 타고 몸을 절반 이상이나 창밖으로 내민 돈구리를 보자마자 마치 그 기회를 학수고대한 것처럼 연기 비슷한 비명을 지르면서 "와, 곰이다"고 소리친다.

조상뻘인 구마는 "곰이다" 이외에 "고릴라다"로 불린 경우도 있었다. 그때에는 왠지 주인도 개도 불끈하고 뭔가 치밀어 올랐는데, 얼마 후 나는 이렇게 의심했다. 어쩌면 고릴라라고 의심받은 것은 개가 아니라 내 쪽은 아니었을까. 그래도 순진한 사람들은 차우차우가 잉크를 핥은 듯한 특유의 혀를 내미는 한에는 "곰이다"고 천진난만하게 좋아하고, 나쁘게 말하더라도 "뭐야, 저건" 정도로만 그쳐 못난 주인을 기쁘게 해 주는 것이었다.

2대인 돈구리로 말하자면, 일 년 6개월 정도까지는 조상과 마찬가지로 침묵으로 일관하며 곰 흉내를 계속 내 왔다. 하지만 어느 날 주인 성격이 죄다 그대로 옮아가, 짖으면 세상이 벌벌 떤다는 것을 깨닫고는 굳이 오해를 스스로 깨뜨려 버린 것이다. 곰이라고만 믿었다가 "멍, 멍"이라는 황당한 소리를 들은 사람들 얼굴에는 실망의 빛이 역력했다. 급기야 경멸의 표정으로 바뀌어선 "뭐야, 그냥 개잖아"라고 투덜대며 고개를 돌리고 만다. 그때마다 주인은 낙심을 하고 속으로 '개라서 미안해'를 되풀이

하는 것이었다.

그래서 나는 돈구리가 짖을 것 같으면 "조용히 해, 조용히"라고 몰아붙인다. 그렇게 한다고 해서 입을 다물 돈구리가 아니다. 점점 더 기를 쓰고 짖어 대 "조용해"와 "멍"이 한데 뒤엉키고 만다. 그러면 돈구리는 차 밖으로 뛰쳐나가고, 지나가는 사람은 입을 쩍 벌려 이쪽을 돌아보는 것이었다.

책에는 차우차우에 대해 이렇게 쓰여 있다. 일단 현재 애완견 중에서 유일한 식용견이고(고대 중국에서 식용을 목적으로 사육된 적이 있고 지금도 그렇다고 한다.-옮긴이), 튼튼하다. 하지만 머리가 좋다고는 거의 쓰여 있지 않다. 지능에 관해 쓰여 있다고 해 봐야 '주인을 화나지 않게 하는 배려는 안다' 정도다. 그래서 나는 지능은 단 한번도 기대를 한 적이 없었다. 실제로 길러 보면 의외로 영리하다 같은 경우는 결코 없고, 그야말로 제멋대로인 데다가, 좋게 말하면 자립심이 넘친다 정도였다. "야, 정말 천방지축이네"라는 말이 절로 나올 태도와 무뚝뚝한 표정으로 일관하는 그런 개였다. 구마조차 일주일에 한두 번 정도는 꼬리를 흔들었는데, 돈구리는 강아지 때부터 흔든 적이 없다. 그런 주제에 권리를 주장하는 일만큼은 절대로 잊는 예가 없다.

드라이브에
목숨 건 돈구리

돈구리가 좋아하는 것은 밥과 드라이브다. 밥은 시간만 되면 얻어먹을 수 있으니 그다지 신경질적으로 굴 필요는 없다. 하지만 드라이브는 그렇게 되지 않는 것이다. 날씨, 일의 여건, 주인의 기분 등에 많이 좌우되고, 때로는 "네가 직접 운전해서 가라"는 등의 터무니없는 말로 무시를 당하고 만다. 그 때문에 드라이브하고 싶은 시간이 다가오면 내 일거수일투족에 귀를 쫑긋하면서 신경을 쓰고, 계속 애원을 한다.

돈구리는 이렇다 할 즐거움이 달리 없어 특히 드라이브에 목숨을 걸고 있는 것이다. 그런 돈구리에게 아내는 말했다. "돈 줄 테니까 읍내에 가서 비디오테이프라도 빌려 와서 보는 게 어때?"

즉각 나는 말했다.

"그만둬. 창피를 당할 테니까. 이 녀석은 틀림없이 '개 포르노 없습니까?'느니 어쩌느니 물을 게 뻔해."

내 일과를 나 이상으로 파악하고 있는 돈구리는 내가 다음에 무엇을 할지 알고 있어서, 양말을 신으려고 작은 서랍을 열기 무섭게 창문 건너편에서 마구 짖어 댄다. 그것도, 부탁이니까

제발 데려가 주세요 하는 태도가 아니라 "이놈아, 나 안 데리고 갈 거야?!"라며 협박의 뜻을 분명히 담아 악을 쓰는 것이다. 몸을 부딪쳐 창문 유리를 깨뜨린 일조차 있었다.

나로서는 주인의 위엄을 보이지 않으면 안 되겠기에, 개 따위에게 놀림을 당하고 참을쏘냐 하며 별것 아닌 일로 고집을 부린다. 인간인 이 몸이 개인 네놈에게 자비를 베풀어 드라이브에 데리고 가는 것이라는 점을 어떻게든 깨닫게 하려고 한다. 그 절호의 기회는 돈구리를 차에 태울 때다. 돈구리는 계단이 분명 놓여 있는데도 스스로 마당에 내려가지를 못한다. 강아지일 때 늘 안아 마당에 내려 주던 버릇이 몸에 배 스스로는 할 수 없다고 믿어 버렸기 때문이다. 보통 개라면 성견이 되기 전에 그런 유치한 눈속임을 알아채는데도, 구마도 마지막까지 내 힘을 빌리지 않으면 안 되었다.

현관 입구에서 차까지 고작 수미터 거리를 사람 손으로 옮겨지는 것이 너무나 굴욕적이라 생각해서인지, 돈구리는 도망을 치고 마구 짖어 댄다. 그러면 나는 "아아, 그래, 그래, 그럼 드라이브는 그만둘까"라며 녀석과 옥신각신한다. 그러다 결국 돈구리를 떡하니 옆구리에 끼고는 "폭탄 삼총사다"는 따위의 영문 모를 소리를 지껄이며 차를 향해 돌진한다. 매일매일 그런 일을 반복하는 나와 돈구리에게 아내는 이렇게 말했다. "당신들에게는 진보라는 게 전혀 없나 봐요."

돈구리도 다소 진보를 했는지, 비가 내리는 날에는 드라이브를 할 수 없다는 사실을 조금씩 받아들였다. 그래도 어쩌면 갈 수 있을지 모른다고 생각을 하는지, 틀어박혀 일을 하고 있는 내 방에 슬금슬금 들어와서는 철학자 같은 한숨을 한번 내쉰다. 그런데도 내가 계속해서 펜을 들고 부지런히 문장을 쓰고 있으면 나를 힐끗 보고는 "치, 다 큰 사내가 저게 뭐람" 하는 표정을 지어 보이고 다시 슬금슬금 방을 나간다.

◇

집
안
에
서

같
이

살
자
◇

마당 한구석에 있는 개집은 동물 집치고는 상당히 훌륭한 편이다. 우에노 동물원에 있는 판다 집과 비교하면 하늘과 땅 차이지만, 세상에 흔히 있는 개집 따위와는 비교도 안 된다. 크기로 보든 튼튼하기로 보든 더할 나위가 없다. 콘크리트 바닥으로 된 넓은 운동장도 딸려 있어, 맥과 바롱을 비롯해 이 집을 거쳐 간 개들은 산보할 때 말고는 목줄을 찰 일이 없었다. 또한 개집 문이 늘 열려 있어 울타리 안에서 자유롭게 돌아다닐 수 있었다. 적어도 사슬에 묶여 사는 개보다는 훨씬 행복한 환경에 있었다는 것은 틀림없다. 일찍이 우리는 개를 기르는 데 그런 환경이 최선이라는 것을 알았다.

맥과 바롱을 기를 당시만 해도 나는 사람은 사람, 개는 개로, 둘 사이에 분명히 선을 그어야 한다고 생각했다. 경계를 모호하게 하면서 서로의 불행이 시작된다고 굳게 믿고 있었다. 말하자면 개를 집 안에서 길러서는 안 된다는 신념을 가지고 있었던 것이다. 그런데 그렇게 키우면서 의문을 품게 되었다. 예를 들면 외국 영화에 이따금 등장하는 인간과 개의 이상적인 관계가 어째서 나에게는 없을까 하는 것이었다. 어차피 꾸며 낸 영화니 저렇게 아름다운 것이리라 처음에는 결론을 지었다. 하지만 얼마 안 있어 일 때문에 외국 여기저기를 돌아다니면서 영화에 나오는 인간과 개의 관계가, 허구가 아니라는 사실을 알게 되었다. 사슬이나 개집을 이용해서 키우는 방법이 흔하지 않다는 것을 알았고, 그것이 일본적인, 속이 좁은 방법이라는 것도 알게 되었다.

선진국이든 개발도상국이든 외국에서 목격한 개와 인간의 관계는 참으로 자연스럽고 생기 가득하며 편안한 것이었다. 심지어 거친 피가 듬뿍 들어 있는 마스티프계의 대형견이 스쳐 지나갈 때에도 전혀 위험하지 않았다. 곁에 주인이 없는 대형견과 길에서 딱 마주쳤을 때도 달리 이렇다 할 일은 없었다. 그 이유를 알고 싶어서 여러 사람에게 물어보았다. 어떤 사람은 엄하게 교육을 받아 그렇다 하고, 어떤 사람은 늘 인간과 함께 지내 불만이 없기 때문이라고 했다. 뒤쪽 의견에 기운다. 구마를 기른 경험 때문이다.

구마가 준
교훈

지인에게서 막 구마를 인수해 왔을 때, 개집은 조르바와 바롱이라는 대형견으로 차 있었다. 일단 구마는 집 안에서 기르기로 했다. 그렇지만 우리 집은 개와 살 수 있도록 지어져 있지 않았고, 집을 고칠 돈 따위도 있을 리 없었으며, 혹 돈이 있더라도 당시 우리는 개 한 마리를 위해 그런 큰돈을 퍼붓는 것은 어리석기 짝이 없다고 생각하고 있었다.

　거실에 싸구려 양탄자를 깔았다. 다행히 구마는 발바닥에 곰과 같은 털을 갖고 있었기 때문에 복도에서는 미끄러워 마음대로 걸을 수가 없었다. 복도를 지날 수 없으니 다른 방으로도 갈 수 없었다. 하지만 하루 종일 거실에 있게 한 것은 아니다. 유리문을 열고 나가면 테라스여서, 그곳이 운동장 겸 화장실 겸 바깥 상황을 볼 수 있는 관람석이 되었다. 구마는 낮에는 대부분 테라스에서 한가롭게 보내고, 저녁이 되면 유리문을 발톱으로 와삭와삭 긁어 들여보내 달라는 신호를 보냈다. 거실로 옮겨 주면 좋아하는 자리에서 잤다. 거실과 테라스를 오가는 일이 귀찮기도 하고, 밤에 구마가 코를 너무 골아 잠을 설치게 돼 계속 집에서 기를 생각은 없었다. 하지만 어느새 그것이 당연한 일이 되어 버려, 예외적으로 구마만은 개집에 넣지 않았다.

개집 안에 있는 조르바와 바롱은 충분히 산보를 시켜 주었는데도 늘 화를 내고 요란한 싸움을 반복했다. 그런 곳에 또 한 마리를 집어넣으면 어떤 소란이 일어날지 모를 일이었다. 게다가 예상했던 우려가 사라진 점도 집에서 계속 기르게 된 큰 이유였다. 테라스에서 마당으로 내려갈 수 있는 계단, 어떤 개든 간단히 오르내릴 수 있는 계단을, 무슨 일인지 구마는 성견이 되어서도 이용할 수 없었던 것이다. 밖으로 나가려 마음먹으면 언제든지 마음대로 할 수 있었는데도 왠지 그렇게 하지 않았다. 또한 거실에 놓여 있는 물건이나 전선을 갉지도 않고, 아무 데나 대소변을 보지도 않았다. 가르치지도 않았는데 말이다. "이건 분명히 차우차우라는 개의 성격인 게 틀림없어." 아내는 말했다. 나도 그렇게 생각했다. 사람 곁에서 기르면 어떤 견종이든 대부분 그렇게 된다는 걸 알게 된 것은 훨씬 시간이 지난 뒤였다.

개와 인간의 관계가 어떠해야 하는지 알게 되었을 때 나는 대형견 기르기를 포기했다. 기르던 대형견이 죽어 개집이 텅 비게 되어도 다음 개를 기를 생각은 하지 않았다. 대형견을 키우려면 집 자체를 고치거나 새로 짓는 수밖에 없다는 결론에 이르러, 그것이 가능해질 때까지는 참기로 마음먹었다. 구마는 개로서는 장수를 했고, TV 앞에서 편안한 죽음을 맞았다.

이후 우리는 돈구리도 같은 식으로 기르고 있다. 돈구리는 구마에 비하면 약간 성질이 거칠고, 빈말로도 머리가 좋다고는 할 수 없지만, 구마처럼 테라스 계단을 내려가지 않고 전선도 갉지 않는다.

개와 함께
사는 법

개집에 가둬 키운 대부분의 개는 주인의 어리석음 탓에 개 이상의 존재가 될 수 없었고, 그 때문에 우리는 그저 개를 길렀다는 이상의 감동을 얻을 수 없었던 것이다. 이런 간단한 사실을 알기까지 길고 긴 시간을 허비하면서 수많은 개를 불행하게 만들고 말았다. 이런 것도 모르면서 소설가랍시고 잘도 행세해 왔다, 라고 낙담할 때가 종종 있다. 그럴 때에 나는 늘 이런 말을 한다. 어떤 잘못 탓에 책이 많이 팔리게 되면 개와 함께 살 수 있는 집을 짓고 대형견을 사자, 라고. 그러면 곁에 엎드려 있던 돈구리가 고개를 틀어 이쪽을 힐끗 노려보고는 "나로는 부족하다는 거야?"라는 듯한 얼굴을 한다.

개집은 지금 헛간 대신으로 쓰이고 있고, 운동장 울타리는 키위 덩굴에 이제 막 휘감기려 하고 있다. 개집에 가두어지거나 사슬에 묶여 자란 개의 불행에 대해 재잘거릴 때, 월급쟁이 지인들이 이상한 얼굴을 하는 것을 알아차렸다. 내가 괜히 듣기 거북한 말을 하고 있다는 것을 알고 나서는 더는 그런 이야기를 입에 담지 않게 되었다. 나는 그저 개 이야기를 하고 있을 뿐이라고 말하면 말할수록 그들은 나를 더 이상하게 생각했기 때문이다.

개와 웃다

여기서는 외국 여기저기에서 목격한 다양한 개에 대해 써 보려 한다. 사실을 말하자면, 내가 지금까지 기른 개에 대해서는 거의 다 써 버린 탓이다.

외국에서 난 늘 거칠게 여행한다. 여행이라기보다 거의 모험에 가까운 행위가 돼 버릴 때도 있다. 오프로드 바이크나 4륜구동차, 아니면 이 두 쪽을 다 사용하는 경우가 많고, 사막을 횡단하거나 겨울 산을 넘기도 하는 등 나의 여행은 소설가의 여행하면 떠올리기 쉬운 우아한 이미지와는 완전히 동떨어진 것이다. 매번 땀투성이, 흙투성이이다.

원래 나는 도시에 관심이 없다. 가능한 한 그런 소란스러운 공간에 다가가고 싶지 않은 것이다. 여행을 하려면 비행장을 거쳐야 하니 할 수 없이 거쳐 갈 뿐으로, 그곳에서도 진짜 눈은 어찌 되었든 간에 마음의 눈은 딱 감고 만다. 준비를 하기 위해 도시에 있는 호텔에서 며칠을 보내지 않으면 안 될 경우에도 적극적으로 뭔가를 보려고 하지 않는다. 도무지 명승고적 같은 것이 왠지 좋아지질 않는다. 낡은 건물 따위를 아무리 바라보아도 감동이 밀려오지 않는다. 그 주변을 걷고 있는 들개를 보는 편이 훨씬 낫다고 생각한다.

그런 나에게 한 동료가 말했다.

"글 쓰는 사람치고는 이상하네."

그는 도시에 살면서 맛있는 것을 먹고, 그럴싸한 옷차림을 하고, 어설픈 이론을 둘러대면서 음악회니 미술전에 가며, 늘 안전한 공간에 몸을 두는, 그것이 교양 있는 사람의 삶이라고 믿는 것 같다.

"나는 정상이야." 나는 일러 주었다. "그런 지저분한 땅에 살 수 있는 편이 도리어 이상한 거지."

도시에서밖에 살 수 없다는 것을 자랑스럽게 말하는 사람들이 있고 그 수가 늘고 있는 모양인데, 그들은 그것이 극히 자연스럽지 못하고 비극적인 삶이라는 사실을 깨닫지 못하고 있는 것일까. 인간도 분명 동물의 일원이기 때문에, 본래라면 풍요로운 자연에 둘러싸여 생활하는 것이 올바른 모습이다. 문명은 발달할수록 일을 더 분업화하고, 이 세상 구조를 복잡하게 만들어 대부분 사람을 왜곡된 방향으로 밀어붙였다. 먹고 자는 것만 가능하면 앞으로는 어떻게 되든 상관없다는 식의 터무니없는 생활 방식이 점점 더 일반화되어 도시라는 괴물 같은 공간이 여기저기에 생겼다. 그 결과, 도시 그 자체가 사람들 목을 조르게 되고 말았다. 철골과 콘크리트 숲은 사람들의 정기를 양분으로 빨아들여 점점 거대해져만 간다.

가장 좋은 관계

오스트레일리아의 사막으로 들어가 360도 지평선에 둘러싸였을 때 나는 깊은 감동을 받았다. 예술작품에서는 절대로 얻을 수 없는 종류의 감동이었다. 거기에 있는 것은 모래와 열풍, 대지와 대기뿐이었지만 나는 이상하게도 피가 끓어오르는 것을 느꼈다. 도시파인 동료 한 사람은 두려움을 호소했다. 그는 "왠지 무서운데"라고 중얼거렸지만, 나는 "아냐, 딱 좋은데. 이게 진짜야"라고 반복했다. 동료는 "외로워, 여기는"을 연발했지만, 나는 도시 한가운데에 있을 때가 훨씬 고독하다고 생각했다.

이윽고 지평선 한 곳에서 검은 겨자씨 크기의 점이 보이기 시작했다. 사람이었다. 원주민 몇이 사막을 가로질러 걸어왔다. 총을 지니고, 엔진이 딸린 탈것에 의지하고 있는 우리 자신이 한 없이 부끄러웠다. 그들은 무더위 속에서 터벅터벅 우리 쪽으로 걸어왔다. 네 명 모두 손으로 만든 간단한 무기 외에는 아무것도 가지고 있지 않았다. 물도, 먹을 것도. 그런데도 그들은 광대한 사막을 굶어 죽지 않으면서 이동하고 있다. 발이 향하는 대로 마음이 향하는 대로 바람처럼 여행을 하고 있다.

그들을 개 몇 마리가 뒤따르고 있었다. 따르고 있다는 표현이 적절하지는 않다. 상전과 하인 관계로는 보이지 않고, 개 주인과 개 사이도 아니었다. 동료 사이가 딱 어울리는 표현이다. 개의 모습은 저마다 달랐다. 크기도 털색도 귀 모양도 제각각이었다. 하지만 공통점은 있었다. 네 다리가 길고, 몸통도 가늘면서 길어 마치 살루키(Saluki, 이집트가 원산지인 사냥개-옮긴이)와 비슷했다. 원주민 몸매와도 닮아 있었다. 아마 그것이 사막에 적합한 체형인 모양이다.

원주민들은 우리에게 손을 흔들었다. 우리도 손을 흔들었다. 개들은 으르렁대거나 짖지도 않고서 잽싸게 가 버렸다. 단조로운 만남이고 시원스러운 이별이었지만, 인상은 강렬했다.

나는 말했다.

"저 사람들은 대체 어디로 가는 걸까?"

"글쎄." 동료는 말했다. "지금쯤 저 사람들도 같은 생각을 하

고 있을지 모르지. 저 녀석들은 어디로 갈 작정일까 하면서 이
야기를 나누고 있을 거야, 분명히."

머지않아 우리는 사막 여기저기서 개를 동반한 원주민들을
목격하게 되었다. 그들은 거의 대부분이라고 해도 좋을 정도로
개와 함께였다. 그들과 개의 관계에 대해 우리는 억측을 했다.

한 동료의 말이다.

"저 사람들 혹시 개를 잡아먹는 거 아닐까?"

말하자면 '걷는 비상식품'이라는 뜻이다. 하지만 그렇지는
않은 것 같았다.

다른 동료가 말했다.

"사냥을 거들도록 하는 거 아닐까?"

수렵견이라는 말이다. 하지만 그것도 정답은 아닌 것 같았다.
물론 음식물이나 수렵견이 되는 일도 있을 것이다. 하지만 내
눈에는 그런 이해관계로만은 보이지 않았다. 인간과 개의 가장
원시적인 결합, 친구 이상이고 가족 같은 깊은 유대로 맺어져
있다고밖에 생각할 수 없었다. 그 증거로 원주민들은 자기 먹을
것도 부족한 형편인데, 음식물이 손에 들어오면 개에게도 공평
하게 나누어 주었다. 그들이 거느린 개는 모두 눈이 맑았고 비
굴한 구석은 어디에서도 찾을 수 없었다.

문명이
앗아 간 것들

오스트레일리아 대륙에는 들개인 '딩고'가 있다. 백인이 데려온 집개를 야생화한 종류이기 때문에 어디서나 흔하게 볼 수 있다. 코요테나 늑대에 비해 박력이 부족해 사막에서 만나더라도 "아, 개가 걷고 있구나" 하는 정도고, 그 이상의 느낌은 없다. 집개와 약간 다른 점은 몸놀림이 잽싸고 눈매가 예리하달까. 수렵견에게도 그런 특징은 있지만 딩고 정도는 아니다. 야생동물은 역시 어딘가 다르다.

우리가 가는 곳마다 딩고가 있었다. 낮에 보면 달리 눈에 띄는 점은 없었지만, 지평선 저 너머로 거대한 태양이 지고 밤의 장막이 드리울 무렵에는 폭력적인 기색이 아주 짙었다. 한두 마리라면 몰라도 열 마리가 넘는 무리와 맞닥뜨리면 긴장하지 않을 수가 없었다. 세계에서 가장 큰 바위로 유명한 울루루 부근에서 야영할 때다. 우리는 저녁까지 달린 다음 텐트를 쳤다. 그리고 저녁 준비에 나섰다. 밥을 짓고, 두툼한 소고기(아무튼 싸게 살 수 있다)를 굽기 시작했다.

맛있는 냄새가 사방팔방으로 퍼져 갔다. 식사 도중 우리는 어둠 속에서 작은 구슬이 빛나고 있는 걸 알아차렸다. 두 개, 네

개, 여덟 개, 아니 좀 더 많다. 다 셀 수 없을 정도의 구슬이 파랗게 빛나며 우리를 죽 에워싸고 있는 것이 아닌가. 그리고 그것은 조금씩 다가왔다. 딩고였다. 근처에 있던 딩고가 고기 냄새에 이끌려 우르르 몰려든 것이다. 상대가 어떤지 알고 있기는 하지만, 기분이 좋을 리는 없었다.

도시파인 동료가 말했다.

"이래서는 편하게 먹을 수가 없잖아."

나는 엽총을 꺼내 하늘을 향해 한 발 쏘았다. 빛나는 눈이 다소 후퇴했지만 도망치지는 않았다. 원형(圓形)이 또다시 조금씩 좁혀져 왔다. 다시 한 발을 쏘았다. 결과는 앞과 마찬가지였다. 우리는 서둘러 식사를 끝내고는 남은 음식에 모래를 듬뿍 끼얹어 냄새를 없앴다. 하지만 딩고는 집요했고 언제까지고 물러가려고 하지 않았다. 밤새 텐트 주변을 어슬렁거리고 멀리서 끊임없이 짖었다. 그 소리가 바로 가까이까지 다가오면 우리는 밖으로 나가 하늘을 향해 발포했지만 효과는 없었다.

사파리 취재로 케냐에 갔을 때에도 인간과 개의 바람직한 관계를 볼 수 있었다. 개와 대초원을 걷고 있는 마사이족을 보았을 때 나는 오스트레일리아에서 본 원주민을 떠올렸다. 우리는 4륜구동차를 시속 100킬로미터나 되는 속도로 내달리고 있었는데, 그만 길을 잃고 말았다. 고용한 안내인도 모르겠다고 했다.

누군가에게 부탁할 수밖에 없었다. 운 좋게도 마사이 소년 둘을 발견했다. 그들은 목숨보다도 소중히 여기는 소를 지키면서 개와 어슬렁어슬렁 걷고 있었다. 우리는 차를 멈추고 말을 걸었다. 두 소년은 길을 알고 있어서 지도를 보이자 곧바로 손가락으로 가리켜 주었다. 그렇게 서두를 필요는 없었던 것이다. 시간은 넉넉했다.

나는 마사이 소년에게로 카메라를 향했다. 사진이 찍히면 금세 돈을 달라는 사람이 많은데도 둘은 그렇게 하지 않았다. 그래서 길을 가르쳐 준 사례의 뜻을 담아 동전을 내밀었다. 소년들은 고개를 저었다. 처음에는 사례금이 너무 적은가 했다. 하지만 돈이 목적은 아니었다. 갖고 싶은 것은 없냐고 묻자 그들은 조심스럽게 "물을 얻어먹을 수 있을까요?"라고 했다. 참으로 쉬운 일이었다. 우리는 커다란 폴리에틸렌 용기에 신선한 물을 가득 채워 놓은 상태였고, 가벼운 음료도 잔뜩 가지고 있었다. "마시고 싶은 만큼 마셔라." 나는 안내인에게 말했다.

하지만 소년들은 겨우 두 모금만 마셨다. 그러고는 손바닥을 써서 개에게도 먹였다. 그런 다음 서투른 영어로 인사를 하고, 소가 있는 쪽으로 돌아갔다.

그런 대초원에서 분명 중요한 것은 돈보다 물이다. 돈보다 물쪽이 훨씬 귀중하지만 그 물도 많이는 필요 없다. 필요한 양만으로 충분하고, 없으면 없는 대로 참는다. 그 소년들처럼 살아가는 사람들을 볼 때마다 문명인들이 편리함을 얻은 대신에 무엇을 잃었는지를 깨닫는다. 잃은 것은 우리가 생각하는 것 이상으로 크다.

본능에 너무 휘둘리고 있는 것은, 손으로 만든 창 하나를 들고 대자연 속을 걷고 있는 사람들이 아니라 우리 문명인이 아닐까. 식욕, 성욕, 물욕 등을 집요하게 추구하는 사이에 어느덧 부자연스럽고 추악한 생물로 전락하고 말았다.

같은 마사이족이라도 나이로비 같은 큰 도시로 나가 편안하게 먹고살 수 있게 된 사람들에게서는 처음부터 전혀 매력이 느껴지지 않았다. 관광객에게서 돈 받을 생각만 하는 그들은 입만 살아 있다. 눈은 혼탁해져 눈 어디에서도 반짝반짝하는 광채를 느낄 수 없었다. 그들은 자신밖에 생각하지 않고 필요 이상으로 물질을 탐했다. 개에게 먹일 몫도 자신이 먹는 편이 낫다고 생각하는 것이 얼굴에 선명히 쓰여 있었다.

노르웨이에서는 개를 동반한 부랑자를 만났다. 개를 거느린 걸식은 드물지 않다. 전 세계에 있다. 그런데 그때 만난 부랑자와 개의 조합은 어쩐지 인상적이어서 지금도 이따금 떠올린다. 백야의 아름다운 광경과 그들 모습이 멋지게 조화를 이루고 있었기 때문일 것이다. 걸식이라는 비참함을 전혀 느낄 수 없었다. 남자의 옷은 너덜너덜하고 머리도 수염도 자랄 대로 자라 있고, 개 쪽도 아주 지저분했지만, 그래도 그들 모습은 다른 누구보다 행복해 보였다. 집이 있고, 일이 있고, 가족이 있는 사람들보다 더 빛났다. 적어도 고독과는 거리가 먼 인간과 개로 보였다.

그들은 피오르를 끼고 굽이도는 길을 마치 하이킹하는 소년처럼 가벼운 발걸음으로 걷고 있었다. 금세라도 휘파람 소리가 들려올 것 같았다. 어쩌면 그들은 이 세상에서 최고의 자유를 손에 넣고 있는 것은 아닐까. 우리는 오랫동안 침묵을 지킨 채 남자와 개의 뒷모습을 바라보았다.

마침내 한 동료가 말했다.

"저렇게 사는 것도 나쁘지는 않겠는데?"

다른 이가 말했다.

"자살할 정도라면 그 전에 저런 생활을 해 보는 것도 괜찮겠어."

나는 이렇게 말했다.

"그러려면 우선 개를 길러야지. 저런 건 개와 함께하기 때문에 할 수 있는 거야. 혼자는 무리야."

뭐, 혼자 사나흘 헤매고 있으면 개 쪽에서 먼저 다가올지도 모르겠다만.

미국인도 개를 아주 좋아한다. 4륜구동차를 몰아 겨울 로키산맥을 넘어 8천 킬로미터를 여행할 때 나는 여기저기서 많은 개를 보았다. 시골이어선지 그 대부분이 잡종이었지만 개들은 모두 생기가 넘쳤다. 영하 20도의 냉기 속에서도 활기찼다. 그곳에서는 인간과 개의 관계가 아주 스스럼없고 참으로 자연스러웠다. 차에 올라탄 개가 많았다. 트럭을 싣고 가는 그 큰 수송차 운전사 중에도 조수석에 개를 태우고 있는 사람이 몇이나 있었다. 경트럭 짐칸에서 떨어져 내 앞에서 비명을 내지른 개도 있었다. 그 소형견은 주인의 차가 되돌아올 때까지 내 얼굴을 보면서 극성스럽게 짖어 댔다.

유럽인과 개의 관계도 결코 나쁘지 않다. 거의 이상에 가깝다고 해도 과언이 아니다. 하지만 미국과 비교하면 어딘가 부족하다. 인간과 개 사이에 차가운 선이 하나 그어져 있는 것처럼 느껴지는 것은 마음 탓일까. 아니, 역시 마음 탓일 것이다. 아주 침착한 유럽인의 태도가 그런 오해를 불러일으켰을지 모른다.

대륙으로 나갔다가 돌아올 때마다 일본 땅이 좁다는 사실에 새삼 진저리를 친다. 어쩌다가 이렇게 비좁은 섬나라에서 태어난 것일까. 생각해도 어쩔 수 없는 일을 생각하고 만다. 땅이 좁다는 것만이라면 그래도 낫다. 땅은 좁은데 인구는 많은 것이다. 자연 마음이 좁아진다. 온갖 분야에서 파벌을 만들고, 하루 종일, 일 년 내내, 계집애들처럼 다투고, 서로 끌어내리기에 몰두한다. 에너지를 대부분 그런 하찮은 것에 허비해 단 한번인 귀중한 인생을 끝내 버리는 것이다. 자기만 좋으면 다른 사람이야 어떻게 되든 상관없다는 식의 삶이 일반화되기 마련이다. 친절하게 대해 주는 상대를 속셈이 있는 것은 아닐까 하고 의심하고, 만만한 사람이니까 뜯어먹자고 생각하는 사람이 늘어난다.

사람이 살아가는 데 필요한 조건은 여러 가지다. 그중 집만 두고 생각할 때도 나는 늘 개를 염두에 둔다. 좀 더 구체적으로 말하자면, 집과 집 사이 거리는 반드시 개 짖는 소리가 시끄럽게 느껴지지 않을 정도여야 한다는 것이다. 그 정도면 피아노 소리도 부부싸움 소리도 일단 걱정을 하지 않아도 될 것이다. 하지만 현실은 다르다. 그런 거리는 너무나 꿈같은 이야기다. 국토 면적은 그대로인데 인구만 급증해 사람은 점점 더 좁은 곳으로 쫓겨난다. 이러다가는 개 기를 수 있는 곳이 없어지고 말 것이다.

실제로 개나 고양이 기르는 것을 금지하는 아파트나 맨션은 얼마든지 있고, 그렇지 않은 쪽이 오히려 드물다. 가까운 미래에는 일부 특권 계급만 개를 기를 수 있을지 모른다. 마침내는 개를 본 적도 없는, TV나 영화나 잡지로밖에 개를 본 적이 없는 아이들이 흔하게 될지 모른다. 지금도 염소를 모르는 아이가 너무나 많다. 아는 사람이 염소를 길렀는데, 근처 아이들이 구경하러 왔다고 한다. 그중 한 아이가 엄마에게 이렇게 물었다.

"근데, 엄마, 이게 뭐야?"

이 이야기를 편집자에게 했더니 "염소라면 그래도 낫네요. 도시 아이들은 닭조차 본 적이 없으니까요"라고 말했다.

고작 한두 달 동안 외국을 기웃거린 것으로, 그 나라의 본질이나 실체를 간파하는 것은 불가능하다. 하지만 인간과 개의 관계를 보면 행복한 방향으로 나아가고 있는지 어떤지 대략 알 것 같다. 먹을 것이 궁하지 않고, 집마다 차가 한 대씩 있고, 누구나 고등학교까지 갈 수 있게 되더라도, 기르고 싶은 개를 기를 수 없다면 행복하다고는 할 수 없다. 요즘은 개와 어울려 들판을 힘차게 뛰어다니는 아이들 모습이 눈에 띄게 줄고 말았다. 비뚤어진 교육이 큰 원인이다. 일본 교육은 정말 형편없다.

좋은 녀석들

지금껏 개에게서 많은 것을 배웠다. 책에서는 절대로 배울 수 없는 중요한 점들이었다. 자연은 물론, 다른 사람에게 어떻게 대해야 할지도 개에게서 배운 것이 많다. 개를 기르지 않았다면 어떤 인간이 되었을지 모르겠다고 생각할 때도 있다. 유감스럽게도 그렇다고 해서 내가 훌륭한 애견가였던 것은 아니다. 개를 이해해 주는 마음은 부족했다. 이상적인 개를 찾는 일에만 열중해 정작 자신이 이상적인 주인이 되는 일을 잊고 있었다. 사람에 대해서도 마찬가지였다. 지금은 깊이 반성하고 있다.

　운동장이 딸린 개집은 지금 비어 있고, 헛간 정도로 쓰이고 있다. 아마 여기에 들어갈 개는 이제 없을 것이다. 혹시 기를 일이 있더라도 절대로 가두어서 기르지는 않을 것이다.

　마당에 나올 때마다, 개집 앞을 지날 때마다, 나를 거쳐 간 개들이 떠오른다. 조로, 맥, 바롱, 조르바, 장고, 류, 구마, 구로⋯⋯. 이들과 보낸, 다시는 돌아올 수 없는 날들이 파도처럼 밀려온다. 좋은 녀석들이었다. 적어도 나보다는 훨씬 나은 녀석들이었다.

　나는 이따금 그 녀석들 꿈을 꾼다. 지금까지 길렀던 커다란 개들이 잇달아 나타나 내 주위를 쿵쾅쿵쾅 달린다. 그러다 허겁지겁 먹이를 먹고, 벌컥벌컥 물을 마신다. 마지막에는 왠지 일제히 웃는 것이다. 나를 보고는 사람처럼 웃는다. 아마 이전에 TV에서 〈웃는 개〉라는 프로그램을 보았기 때문일 것이다. 물론 그 개는 정말로 웃는 것은 아니고, 비슷한 표정을 지어 보이기를 잘하는 것뿐이다. 그런데 내 꿈에 나타난 그 개들은 마음 깊은 곳으로부터 웃고 있었다. 그것은 참으로 이상한 웃음이었다. 변덕스러운 주인에 대한 비웃음이라면 쉽게 이해할 수 있을 텐데, 내심에서 우러나오는 것 같은, 다른 뜻이 없이 충실하고 한없이 밝고 활기 넘치는 웃음이었다.

이런 꿈을 꾼 다음 날은 늘 기분이 좋다. 기운이 막 생긴다. 일을 척척 해 나가고, 자전거를 탈 때도 평소와 달리 몸 상태가 좋다. 무엇보다 나 또한 하루 종일 속으로 웃고 있다.

언젠가 다시 나는 대형견을 기를 것이다. 제대로 된 개 주인이 되었을 무렵 나는 그 개와 하나가 되어 웃고 있을지 모른다. 그때까지는, 꿈속에 나오는 커다란 개들과 함께 웃는 것으로 만족하려고 한다.

처음 실린 곳

〈개를 길러 보기로 했다〉:《文藝春秋》(69년 5월 호) ①

〈친구가 없다〉:《群像》(70년 12월 호) ①

〈병든 개들〉:《オール讀物》(74년 7월 호) ①

〈덥석 아이 손을 문 조르바〉:《夜, でっかい犬が笑ら》

〈나는 장고가 싫었다〉:《文藝春秋》(84년 刊)

〈나는 검은 개가 좋다〉:《中央線》(84년) ②

〈나는 검은 개가 좋다〉에서 '개라서 미안해':《ナンバー》(별책 86년 7월) ③

〈집 안에서 같이 살자〉:《てんとう虫》(87년 10월 호) ③

〈개와 웃다〉:《中央線》(84년) ②

* ①은《走者の独白》(角川書店, 75년 刊), ②는《安曇野の強い風》(文藝春秋, 86년 刊),
  ③은《さんど孤にあらず》(文藝春秋, 91년 刊)에 수록되었던 글이다.

옮긴이 고재운

고려대 철학과를 졸업하고 도쿄대학교 대학원에서 수학했다. 한국에 돌아와 고만고만한 직장 몇 곳을 다녔지만 도시 생활에 마음을 붙이지는 못했다. 마흔 이전에 귀촌할 생각으로 목공을 배웠고, 결국 서른아홉 되던 해 포항에 정착했다. 지금은 포항시 북구 기계면이라는 조용한 시골 마을에서 목공학교를 운영하면서 번역 일도 하고 있다. 옮긴 책으로 《일상을 철학하다》《시골은 그런 것이 아니다》《남극의 셰프》《논리학 콘서트》《생각하는 어린이가 힘이 세다》《무명인》 등이 있다.

개와 웃다

초판 1쇄 발행 | 2016년 5월 6일

지은이   마루야마 겐지
옮긴이   고재운
책임편집   여미숙
디자인   주수현 김수정
본문 그림   김창희

펴낸곳   바다출판사
발행인   김인호
주소   서울시 마포구 어울마당로5길 17(서교동, 5층)
전화   322-3885(편집), 322-3575(마케팅부)
팩스   322-3858
E-mail   badabooks@daum.net
홈페이지   www.badabooks.co.kr
출판등록일   1996년 5월 8일
등록번호   제10-1288호

ISBN 978-89-5561-826-6 03800